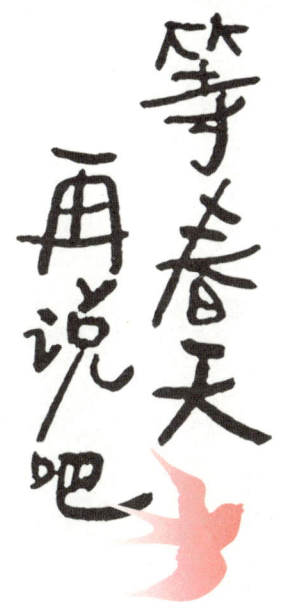

张皓宸

著

SPRING WILL TELL

跟着直觉
收集一路的风景

目录
CONTENTS

植人 002

宇宙，你尽管开口 005

跳水的少年 007

见佛 010

喜欢玩具的大人 014

听雨 017

她的魔法 019

运动结业纪念 020

再不疯狂就死了 023

诗人阿姨 026

舍不得 028

好人一生有钱 033

哼！ 035

"买买买"人士的自白 038

当我们拥抱时 041

汇流 042

墙上风景 045

代拼才会赢 047

值得错过 050

魔法船 052

人生松紧带 058
不愈的伤口 060
草原上的哀鸣 063
挪威一家人 067
答案盲盒 071
公园博主 073
春分 076
美人鱼 077
许愿的正确方式 080
我已穿越而来 083
猫们 085
科学无法解释的一切 090
回忆装订成册 094
地球 online 097
移动咖啡馆 099
群体浪漫时刻 102
去月球 105
弃局 109
烂在梦里 111
解忧二手店 113

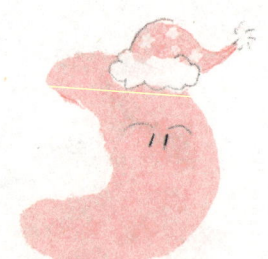

书桌上 118
蝴蝶飞了一整天 119
小孩 121
画画的人 123
乐行者 126
后乐园 131
向宇宙借副碗筷 135
苦尽柑来 137
大脑的真相 139
比玉兰花更美的 142
烟火准时升空 144
强制爱 147
月光爱人 148
哭一场 154
脏衬衣 157
在动物园逛得开心 159
她们 164
冰岛 167
牵绳的风筝 173
追光记 175

我身体的一部分 182

养老畅想 186

好邻居 188

小狗在想什么 190

见字如面 193

园林舞王 196

代购小张 197

限定贴纸 200

等春天再说吧 202

放纵日 205

拍月亮 208

秀英 210

及时止损 213

自度 216

读你 218

怪声怪调 221

花篮 223

回忆放映中 224

相由心生 227

线上逛街 229

随他 234

爱这门课 235

有她在 240

长情 243

灵魂碎片 246

天生寂寞 249

我们心疼自己 252

自制早餐 255

彩蛋 256

抱树 260

一幅画的缘分 262

掌声鼓励 267

休息羞耻症 268

联名作品 271

我没有这个权力 273

兔子旅行回来了 276

道个别吧 279

散步 282

生日快乐 284

请允许我变回一棵树 288

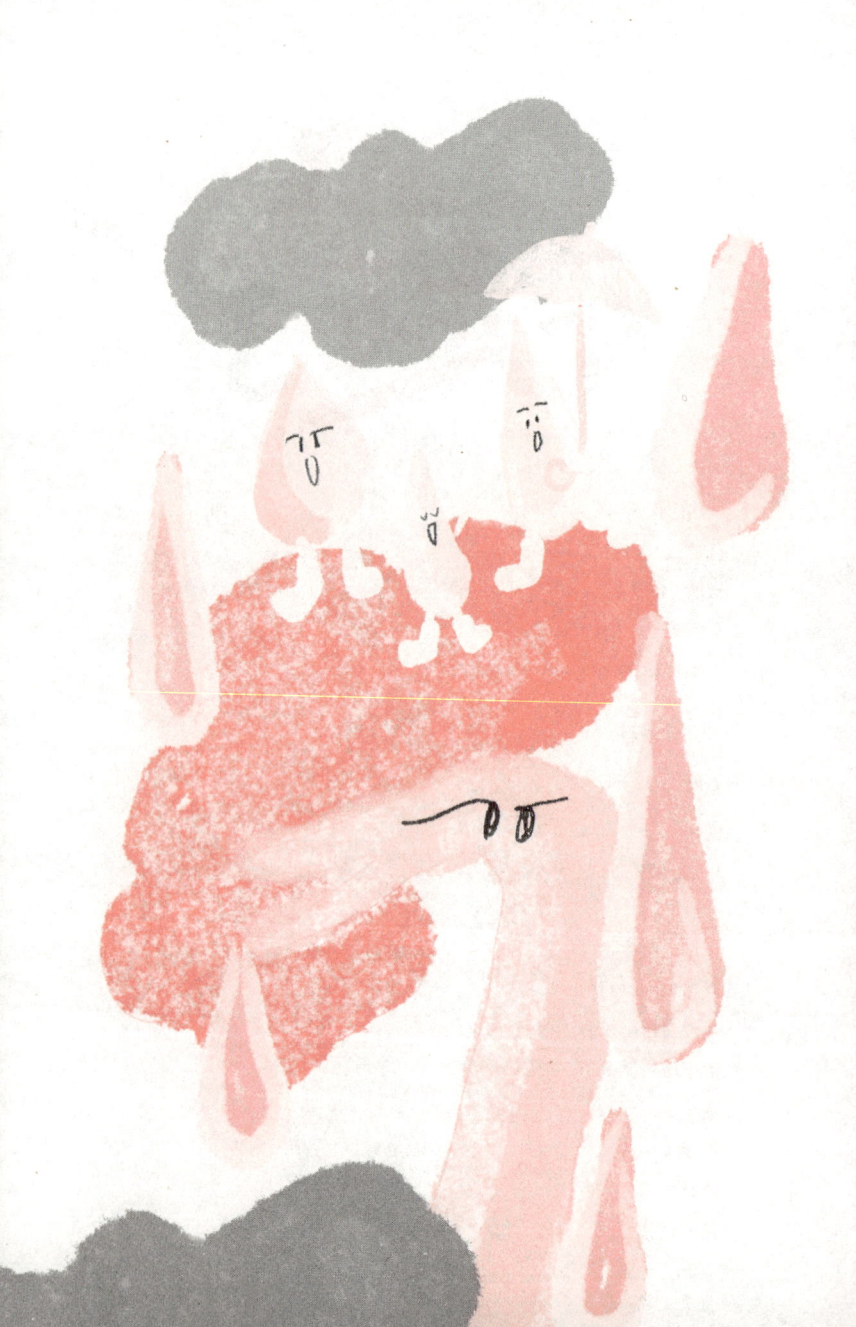

不

耗

了

我很好，有问题的是别人。

植人

忘记是从哪里看来的,说人类最原始的祖先跟猴子没关系,而是树,我们都是树进化而来的。大概是原始森林里最会躲风雨雷电的那一批祖先树,先有了跑路跋涉的决心,才慢慢徒生了长出四肢的念头。

讲真我比较喜欢这种神经但有点浪漫的设定,比起与灵长类沾亲带故,我更愿意相信自己的身体与树紧密相连,血管中流淌着树脂,骨节里藏着年轮,每次剪指甲时簌簌落下的碎屑,都是基因里未退化的树皮。

到了三十多岁,身体仿佛突然开启了一个开关,会不由自主地被一切与自然有关的事物吸引,具体表现在逛"复制—粘贴"的商业街会犯困;旅行到城市中人群密集的地方就会产生生理性反感;办了北京的公园年卡,常常窝在长椅上,与散步的鸽子们融为一体;相册里各种植物的照片日益增多……我坚决不承认这是上了年纪的表现，只想归因于我对生命本质的大彻大悟——啊，多么痛的领悟。

对户外的向往，已到了近乎痴迷的程度，基本上是两天一小去，一周一大去，近一点就去家附近的公园，远一点是去爬山。我尤其喜欢抱树——那种把脸紧紧贴在树干上的熊抱，会让我感到莫名地安定，像睡进刚晒干、泛着洗衣液清香的被褥，手扎进超市的米堆，或是抚摸用羊驼毛制成的公仔。

当双手轻抚树干时，用当下流行的"能量"概念来说，我感受到的是一种令人心潮澎湃的喜悦，有那么一丝"生而为人，我一点都不抱歉"的骄傲感。

于是更直接地，我往家里搬了好几棵大型植物。我是一个只要一上头便乐于穷尽的人，无法延迟满足，只有延迟"不爱了"，喜好一旦满溢，根本做不到矜持，从前作为植物杀手，买回来的花不论用多昂贵的养料，没两天就枯萎了。这次买回来的植物们我养得都很好，摆在书房的内门竹，枝丫快要伸到我书桌上了。

写下这些文字的时候，它就在旁边静静看着，新发的叶片嫩绿，想必是满意的。

买这些大大小小的植物，我没少花钱，有些陶盆的价格甚至比植物本身还贵，这些年在各类喜好上交了不少学费,但我也不承认自己时不时的愚蠢,我很好,有问题的是别人。

当然,作为一个特别擅长合理化自己所有动机的人,在买植物的同时,我也参考了当下流行的AI(人工智能)算命。DeepSeek[1]说我五行喜木,有玄学盖戳,我便能更加理直气壮地为自己所有的购物欲佐证,毕竟它们皆是命运剧本的召唤。

植物们陆续养了一个月有余,各类植物我都定时定量浇水,备好一切先进工具,阳光太强怕晒着,没天光又怕叶子长不好。说来奇怪,竟因此对这个家有了牵挂,这房子我已住了七年多了,在外浪迹久了,头一次有被召唤的错觉,脑中时不时会飘来声音,让我常回家看看。

于是,这份由绿叶藤蔓编织而成的羁绊,稳稳地接住了我。

你看,即便没结婚,也一样能有被牵绊的体验,这何尝不是一种情感关系的平替呢,还省去了与另一个可能乏味的人类天人交战的烦心。

挺好,就这么定了。

---

[1] 一款基于人工智能和自然语言处理的智能工具。

宇宙，你尽管开

曾看过一个说法，人类在宇宙中出现的概率，等同于将一堆零件随意抛向空中，落地时恰好组成一辆汽车。阳光、空气、水，还有地月间恰到好处的潮汐引力，这般苛刻的条件，精准得仿若经过校准。或许，我们本就是造物主精心编写的代码。

今日在史铁生的书中，读到这样一段话，大意是人实则是宇宙的一部分，任何部分之于整体，或整体之于部分，都必定密切吻合。就像一只花瓶，不小心摔下几个碎片，碎片的边缘尽管参差诡异，然而拿来补在花瓶上肯定严丝合缝。

读完这段话，脑中仿佛突然抓到一些杂乱的线头，轻轻一扯，顿感豁然开朗。

前阵子，我还与朋友们探讨进化论的真伪，争论人类究竟由何物演变而来。在我们的认知视角里，无论人类祖先是谁，总归都历经了漫长的迭代更新。然而，从更高维度看，或许在宇宙"这只花瓶"诞生之际，组成它的能量便已存在。

这些固定的能量粒子犹如魔方，在一百多亿年的时光里持续重组，先是化为星云，接着变成恐龙骨架，结成细胞，进而构成生命，又或许成为我早餐盘中的溏心蛋。它们不停震动，周而复始地经历一场又一场循环。而我们眼中这漫长的时间之旅，在那个维度下，或许仅仅只是一瞬间。

如此想来，内心似乎安定了许多。其实宇宙不外乎就是个巨大的茧房，虽然我只是一个碎片，但没了我，宇宙便不再完整。所以别太把肉体当回事了，而应更加珍视自身的能量。提醒自己放松，随着心流走，利他却不盲目给予，我相信自己命好，心想便能事成。

所以啊，宇宙，请再多看看我——我的存在让你完整，这对你来说，怎能不算是一种刚需呢？

跳水的少年

在新西兰，我情有独钟的地方是瓦纳卡，单是那棵水中的孤独的树，就足以让我在岸边静坐，悠然观赏一下午。

当即与司机商量，更改了后续行程，决意要在这个小镇多逗留一天。

前几日一路环游南岛，手机随便拍，都是原图直出的人生照片。到了瓦纳卡，不想再当游客了，于是我就选了一棵足够遮住夏日阳光的大树，靠着树干席地而坐，手掌轻轻摩挲着草地，抚摸着自然玩偶的毛发，舒服至极。

瓦纳卡湖的蓝，与前些日子见过的湖水大不相同，那颜色趋近于碧蓝，恰似我画画时最钟爱的那种蓝色颜料。不知名的水禽从这片蓝色里"破壳而出"，抖着湿漉漉的尾羽朝我扮鬼脸，树上掉落的针形叶子，轻轻压在我的脖颈上，不经意间烙下一枚印记。

忽然明白，真正的人生照片，往往在你卸下必须记录的执念之后，才会逐渐显影。

不远处的小码头边，三个小男孩正在玩水。他们在木头栈道上蓄力奔跑，以各种奇特又搞笑的姿势跃入水中，上岸后还互相嘲笑对方的窘态，接着继续奔跑、跳跃，又游出水面，就这样度过了一下午。

我坐在湖边，心中涌起加入他们的冲动。然而在此之前，诸多念头在脑海中盘旋：脱下的衣服该放在哪儿？没带泳裤，要是裤子打湿了该如何是好？我的腹肌还没有那几个小孩子的显眼，手机和衣物放在岸边安全不安全……脑海里借口丛生，思索一番后，决定还是精神加入吧。

许久没有这样一个闲着什么也不做，任由灵魂浑身湿透的下午了。

想想我们这些大人啊，活得如同振翅的蜂鸟，没人强迫我们飞行，可谁也不敢掉下来，拼尽全力努力了，才能永远悬停在生存基准线。

关键是还不知道究竟要飞去哪里。

孩子们的世界就不一样了，他们只想着以一个最奇特、最"酷炫"的姿势入水，就这样不断地掉落又起身，仅此而已。他们是天生的哲学家，懂得所有成长都该先把自己完整地抛出去，再让水花回答一切。

或许我的青春时代也曾有过相似的下午。只可惜那个下午稍纵即逝,走出故乡以后,就再也回不去了。必须承认,快节奏的社会属性让人变得机警又无趣,有玩耍的能力,却没有玩耍的勇气。

记忆总会自动美化。实际上,在很长一段成长时光里,生活平淡无聊得毫无记录的必要。最后还剩下什么呢?来自二十一世纪最伟大的发明——智能手机里占满内存的精修图。

见佛

在郑州的工作结束，与朋友们结伴去了洛阳。

前几年去过敦煌莫高窟后，一直对国内其他几个佛窟留有兴致，便和朋友们约好逐个打卡。我偏爱现代城市与历史遗迹相互交融的旅行地，龙门石窟的精妙之处在于：沿着河岸往深处走，现代高楼与盛唐窟龛隔水相望，宛如同时摊开的两本不同排版的历史书。

做好了深度游览的功课，我提前给大家请了一位讲解员，老师姓陈。从白园开始，陈老师正史、野史讲得详尽，秋日微风舒适，耳麦里传出的她的声音还特有磁性。结果我们几个活像课堂走神小组：有人"嗯嗯啊啊"应付老师，有人偷摸玩手机，有人假装冥想，实则是打瞌睡，而我在旁边抱树。

终于行至西山石窟的"主菜"部分，朋友们才收起懒散，认真观摩。

在石刻艺术的巅峰之作前，我却只能看到那些被挖走、只剩下凹痕的残缺佛像，难免心生愤慨，那些历史遗留问题萦绕在心间，满是不甘心。直到走进万佛洞，我们模仿起残缺菩萨像的手势，陈老师说，这些手势叫无畏印，是古人在教我们如何安放恐惧与遗憾。

忽然懂了，那些被盗走挖空的佛像面对人类的贪嗔痴，或许只是付之一笑。他们不会感到痛苦，不会计较刻痕的形状，只会垂目不语，等着有一天，我们可以学会放下。

每一个生命，在诞生与湮灭之间，藏着的终究是一次次习得。

走到卢舍那大佛佛像下已经入夜，整个西山的石窟次第亮灯，山壁上的无头佛像在暮色中显露出更深的庄严。

去往大佛的路上，需要爬一长段台阶，徐徐向上爬行，直到大佛缓缓出现在面前。

来之前做过功课，也常在课本和新闻里见到大佛的模样，但当我真正面对如此巨大的佛像时，那种震撼无法用言语表达，我甚至说不出话，只感觉自身无限接近渺小，快要坍缩成一枚尘埃。

时常做一个梦，梦里的场景如同希区柯克变焦般无限拉长，或者说，自己不断变小，周围变得无比辽阔，那种感觉既孤独又自由。

泪水瞬间涌上眼眶,我努力克制着情绪,转身向朋友们惊讶地张大嘴巴示意。同行的朋友们陆续走上平台,皆为眼前的景象震惊,"哇"声一片,集体失语。

我们默契地沉默了许久,好像这些年淋过的雨,都被眼前的大佛轻轻接住,让我们躲过一场心事。

陈老师见我们看得入神,在耳机里柔声道:"今天送你们一段话,风吹洛阳,花开盛唐梦,世界上有两个我,一个白马青衫慢慢行,一个蝇营狗苟,秋天是被宇宙咬碎的黄昏,冬天是被星辰遗落的浪漫,似乎透过每一尊佛像,都能看到历史的厚重,时间在它们身上留下的轨迹,把千年文化遗产和我们联系到一起。至于如何联系,大家就自行感受吧。"

听完这段话,眼睛又要下雨了。我用余光瞄了瞄身旁的朋友们,他们定定地看着大佛的方向,那几个白天上课走神的坏学生,也都在这一刻摸到了历史的茸毛,被中文的魅力攥住心口,安静得像刚刚苏醒的婴儿。

讲解结束,陈老师说她很喜欢一首歌,便打开手机播放,歌名叫《壁上观》,现场还毫不见外地跟着唱起来。她声音清脆,也不管有没有走音,就这样旁若无人地哼唱着。我们一行人围着她,身后的游客源源不断地漫过台阶。

没有人急着与陈老师告别,因为我们知道大佛就在身后垂目等待，比任何人都有耐心。

如果这一刻是一帧定格，写下这段文字的时候，我看到了听陈老师唱歌的伙伴们。

在我们身后，游客如织。穿着汉服的小姐姐变换着姿势与大佛合影，旁边打灯的人挥舞着手中刺眼的白色光棒；游客们吵嚷着，丝毫没有因为身处夜幕降临的景区而收敛声音；地上零星能看见几个被踢得四处游窜的矿泉水瓶；游走的商拍摄影师身上，挂着滚动字幕的电子牌招揽生意。

人间喧嚣如常，只有卢舍那大佛温柔祥和地凝视着众人，用一千余年的目光，接住了每个疲惫的过客。

喜欢玩具的大人

我的生活里不能没有小公仔、手办、摆件等一切可爱的小东西。

将它们装进手办柜已经不能满足我的内心需求了,书桌、餐桌、沙发座……但凡我停留时间稍长的地方,必定蹲着某个小小的守护者。它们陪我写作、吃饭、追剧,见证了我写不出东西时抓耳挠腮的窘迫、饿得狼吞虎咽然后被噎住的狼狈,以及在流泻的屏幕光影下又哭又笑的种种时刻。

它们不停散发着可爱,占满了我的手机相册,我这才惊觉自己豢养的不是摆件,而是无数个能安放温柔的坐标。

今年阴历生日,我独自在家,想着还是得有点仪式感,便给自己订了个小蛋糕,还在蛋糕旁围上一圈"崽"。烛光摇曳中,它们塑料材质的眼睛折射出如星辰般的细碎光芒。多美好啊,它们不会唱略显尴尬的生日歌,也无须让我成为焦点,不用等我许愿,更不必为我准备生日礼物,仅是静静地在场,就已足够。

出门时,挑选包上搭配哪只挂件,也成了今日穿搭的重要一环。若是去逛公园,我还会随身带一只,一边盘玩,一边给它拍照。一路上并不孤独,总能看到包上挂着娃娃的男孩女孩们,还有人精心为它们穿了娃衣。随意走进一家咖啡店,老板在柜台上放了很多自己抽的盲盒摆件,咖啡杯套上还贴着一个他自己设计的旋转风车。

最新看到的视频中,一个成年男子抱着一大堆公仔路过小女孩一家人,男子假装抱不下,故意掉落了一只,小女孩见状,立刻帮他捡起。男子笑着说:"谢谢你'救'了它,作为感谢,把它送给你。"女孩惊讶万分,回头看大人,大人点头示意。女孩激动地抱着公仔,在它脸上蹭了又蹭。

年初带妈妈去旅行,经过一家扭蛋店,我让她和同行的阿姨一人扭一个。妈妈今年六十岁了,第一次攥着硬币蹲在扭蛋机前,转动旋钮时,手抖得像少女拆情书。在打开扭蛋之前,我让她们先从图中八款中选出自己的心愿款,我随口提议:"要是你们抽到彼此喜欢的,就互相交换。"

当她们同时打开扭蛋时,奇迹发生了,竟然真的抽到了对方的心愿款,这般天选的巧合,被她俩完美命中。她们在惊呼中完成了交换。

记忆里已经很久没见过妈妈这么开心了。

然而,这还不是最奇妙的。我让她们将扭蛋放在手心,伸手在镜头前记录这一刻。拍完回看照片时,我发现两个小东西的配色竟与她们那刻身上穿的内搭和外套的颜色完全一致,美好得仿佛被童话温柔地亲吻了一口。

妈妈捧着扭蛋,眼睛亮晶晶的,说道:"我好像懂你们的快乐了。"

时光洪流冲刷着我们的躯壳,我们常说的"长大",似乎是一场一去不返的仪式。在物理时间的裹挟下,我们弄丢了童年,离开了青春期,不再年少轻狂,我们会衰老、会疲惫,记忆力也大不如前。但实际上,在我们的身体里,昨天的我们、上周的我们、二十岁的我们,甚至还是小朋友的我们,都同时存在着。

如果过去会留下深深浅浅的伤痕,那么那些稀有纯粹的童真,也必定从未消失过。

每一个依旧喜爱玩具的大人,都是因为身体里住着一个小朋友,在为自己默默守护。如此,即便有苦日子,也苦不到哪里去的,我们供奉的天真,神明收到了。

听雨

我没那么爱雨天,却唯独偏爱睡前聆听雨声。

这几年,北京着实难见雨的踪影,似乎只有入夏之后,它才肯吝啬地来上几场。但大多数时候都带着暴雨预警,总透着股敷衍劲。雨滴气势汹汹地砸落,沾湿窗台,发泄完一通后,瞬间就被热浪卷走了。

本来挺困的,雷声再一响,愣是能把人劈得精神起来。

有一年,我在上海住了一个月,民宿订在老弄堂里。恰逢梅雨季,六月的雨不紧不慢地敲打着青石板,老式木窗棂将雨声过滤得更为绵密。我听着这淅淅沥沥的声响入眠,状态格外轻松,房东留下的铁床成了挪亚方舟,一整晚都睡得无比踏实。

雨声最妙之时,当数深夜。当城市大半灯火渐次熄灭时,雨滴便开始在窗外排演打击乐。先是试探性的三两滴,轻轻敲在空调外机上，宛如有人在黑暗中用指尖来回轻点桌面；接着对面屋瓦响起沙锤般的细碎滚动声；最终，地面上的积水坑开始冒泡，咕嘟咕嘟的，仿佛大地正在煮一锅看不见的甜汤。

我静静躺在床上，感到前所未有的安定与自在。听着这细密的白噪声，仿佛宇宙正对着我轻声低语，好像全世界都被潮湿席卷，却唯独略过了我，一定会略过我。

倘若睡不着，只需深呼吸，放下那些杂乱的思绪，将听觉感官放大，专注于雨声。此刻的雨声，恰似液态的安眠药，能把白日里卡在喉咙的焦虑、不知如何回复的信息，以及积攒的信用卡账单，通通泡软了化开。在这一刻，它们都变得不再重要，重要的唯有一件事，那便是好好睡上一觉。

恍惚记起生物课老师说的，人类胚胎就是泡在羊水里听着母亲的心跳声成形的。

忽然，希望睡前的雨永远不要停歇，好让我能一直赖在这潮湿又温暖的襁褓里，当个被世界大雨赦免的逃兵。

她的魔法

妈妈来我家住了几天,她将我们用过的洗脸巾都收集起来,说可以当抹布。前一晚我还在炫耀家里干净,一早起来,看到她已经用脏了一整沓攒好的洗脸巾。

她离开的前一晚,我们一起换四件套。我抱怨自己这床被子不服帖,被套总乱滑,即便把四角的绳子绑得再紧也不管用。

妈妈没多说,默默帮我整理。她铺好的被子,就像四件套商品图里展示的那样,平整得如同熨过一般,看着就很好睡。她总能将散乱的日子抻平。

当晚入眠,被子服帖地盖在我身上,我仿佛被全世界拥抱着。

她的魔法还没消失。

运动结业纪念

已经很久没健身了。

说起来应该是彻底与自己匮乏的运动细胞和解了。专家都说了,人一生心脏跳动的次数有限,我不想因为锻炼心肺能力而过早透支心跳了。

别人运动能治愈一整天的负面情绪,汗水流淌而过,看着自己累到极致却日渐紧实的身体,多巴胺呈几何倍速分泌,自带快乐滤镜。而原本一天挺高兴的我,只要运动完,身体就如同散架一般,然后会难过很久,过度怀疑人生,想要报复全世界。

我的出厂设置大概是节能模式。就算练文静的八段锦,也会越练肩颈越酸,眼前发花。最后我只能靠晒太阳,像进行光合作用一样假装在运动,于是我每天准时瘫在飘窗窗台上,把自己晒成一条安静的三文鱼。

记得上一次去健身房，还是二〇二三年的冬天，那时北京刚下过一场大雪，路面积雪未消。新的健身房离家很近，骑车过去最多十分钟。我在这里认真坚持上了四十多节课，收获如下：肌肉依然只存在于想象中；每次练完依然对人生怀恨在心；本以为身体会越来越健康，可体检结果显示该有问题的地方依然有问题；中医摸着我的脉搏，依然只会让我别熬夜、多运动。

多么鬼打墙般的建议。

那日甩了十分钟大绳，做了两组卧推，肩胛骨像被钳子绞住，胃里翻江倒海。我和教练说："不能再练了，再练我就先走一步了。"她心领神会，摆摆手让我提前下课，然后抄起筋膜枪说："给你做个快乐的拉伸吧。"

我躺在硬邦邦的普拉提床上，教练拿着筋膜枪攻击我，原来，比运动还疼的，是运动康复。

事后我顶着满头汗坐起来，看着落地窗外的雪景，开始思考人生。

楼下的地铁还在建设，旁边矮房房顶上，来了一个工人，他开始踩雪玩，在不大的空间里绕着弧线走，厚厚的积雪上留下他的一串脚印。

我也想去踩雪，我为什么要气喘吁吁地坐在这里？我可不可以接受自己就这样老去，甚至没有那么健康地死去？我好像可以；比起运动带来的糟糕体验，我可以放弃对抗那些身材焦虑吗？我好像可以；都说自律让我自由，但如果自由了却不快乐呢？我好像很不可以。

想到这里，我"燃"了。这时我看到窗外那个踩雪的工人，竟然在雪地里走出了一个巨大的爱心。

这是什么暧昧的仪式感？不练了，就把今天的课当作最后一节课吧。

后来将近半年时间，教练多次在微信上问我。一开始我推托说没时间，后来直接说我放弃了。在那沉默的十秒钟里，我们达成了二十一世纪教练与学员之间最伟大的共识——放过彼此。

想起那个冬天在雪地里走出爱心的工人，真想谢谢他啊，成了我的运动结业纪念。

再不疯狂就死了

第六遍《伊丽莎白镇》打卡。

记忆里,总有几部电影伴随着人生不同阶段,开启循环播放模式。小时候,痴迷林正英的僵尸片,越怕越爱看;中学是《不能说的秘密》,琴房穿越戏码熨平了初恋的褶皱;北漂那几年是《爱乐之城》,好几个唱段的长镜头,看得我神经酥麻,想不出还有哪部电影有这样的氛围感。

至于《伊丽莎白镇》,它并非高浓度地出现在某个阶段,而是一路陪伴我走过中学、大学、北漂岁月,直至三十岁后的如今。

尤其钟爱苏珊·萨兰登饰演的角色在丈夫葬礼上跳踢踏舞的那段。看她从侃侃而谈,到开着玩笑讲起荤段子,最后干脆脱下高跟鞋,跳起踢踏舞。吊唁的人群错愕不及,不由自主地跟着打起拍子,她的动作称不上专业,却透着一种从容,每一步都踏得用力,或许是想让不经意间涌出的眼泪,随着舞步一同跑掉。

这种豁然开朗的心境,不是一天练就的。带着至爱的那份力量一起活下去,看上去是句浪漫且有力量的话,然而,能真正做到的人,都经历过思念的抽筋剥皮,才能忍着痛说出,人生苦短,何不过得有趣一点。

电视上,她在跳舞,我在哭。我忽然懂得悲伤与欢愉本就是一枚硬币的正反面。

值得一提的是,有一年我独自前往西雅图,那是我首次独自赴美。刚过晚上七点,街上的商店大多已关门。我英语不好,走在路上,时不时碰到前来搭讪的黑人,我也对不上话,分辨不出人家是热情,还是带着目的,所以只要一看到老外朝我走来,便无差别地心生恐惧,加快脚步往人多的地方去。

就在这样的窘迫时刻,偶然碰到一家仍在营业的唱片店。我至今记得推开门后,霉味混着松木香冲入鼻腔。后来在那么多碟片里,我找到了《伊丽莎白镇》的原声带。结账时,店主打趣说:"它滞销了很久,看来就为了等你。"

那一刻,我瞬间明白了自己冲动地独自来美国旅行的原因,可能真的就为了那盘原声带。

那盘原声带陪我写过很多本书,里面好听的歌太多,几乎能覆盖到写作时的所有情绪。当原声带放到"Come Pick

Me Up（来接我吧）"时，此刻的情绪被音符托举着，飘浮至半空中。抬眼望去，天际的晚霞正用橘粉色晕染着云层，光线并不刺眼，身旁的风温柔地盘旋，只是轻轻撩拨着刘海的发丝，并未将头发吹乱。我真切地眷恋这样的暮色，同时又满心期待着能乘着风，飞往明天。

倘若未来自己的葬礼上也要播放音乐，我定会选择这种类型的歌曲。

最近我常琢磨，会不会因为自己作家的身份，葬礼被操办得格外端庄严肃。到那时，我应该可以实现宇宙葬或者大树葬了吧，总之不想让大家挤在一个枯燥狭小的空间里生硬地走流程。我期待发言的人能在葬礼上讲些可爱有趣的事，坚决禁止煽情。

要是实在有人想哭，那就立刻切换节奏感强烈的歌曲，让大家在葬礼上跳舞，舞种不限。当然，不必强求能有苏珊·萨兰登那般即兴的魅力，也不需要笑中带泪，我见不得这种场面，只是单纯坏心眼，想看到大家的尴尬，然后硬着头皮扭起来。我相信，里面一定有人会跳得很疯的。

人生苦短，何不过得有趣一点。

最近感觉自己活得保守了，等春天一到，要再疯一点。

诗人阿姨

如今，在这个家已经住了七年有余。

记得刚搬进来时，添置完所有软装，我一口气买了三盆大型植物。为了追求生活气息，每周还订了鲜花，选最贵的那档。然而，再好的花束，到第三天就枯萎凋零。那些植物也不争气，要么烂根，要么生虫。最后我把那些空花盆叠放在楼道垃圾桶后面，像藏起一摞满是红叉的失败考卷。这些生活仪式感，就这样潦草收场，撂下结论，可能这个家与植物八字不合。

于是这七年间忙忙碌碌的，就没再养过任何植物。

年初给家里做了一次大扫除，又爱上这个小家一次。但着实觉得欠了生机，加上近年越发喜爱绿色，便决定再买几盆植物试试。在这期间，备好了专业的浇水壶、缓释肥，还担心自己粗心，记不住每盆植物的浇水频率，特意在土壤里插上那种简单易懂的水分计，当指针从蓝色褪成白色时，就意味着该浇水了。每次浇水的时候，要绕着花盆慢慢浇，浇一半停一会儿，让水渗进植物根系里。要是心情不错，还会对着植物轻声聊上几句。

如今三个月过去，植物们都长势喜人。

我戴着吸水手套为鸭脚木叶子擦灰那天，家政阿姨正好来做卫生。她是从我搬到这里来就一直用的阿姨，一周上门一次。看到家里又添置了植物，她感叹说："房子里还是要有点绿色啊。"她还说新买来的植物们都长得好，那盆龙鳞春羽自然脱落了一片老叶，她怪心疼的，断口齐整着呢，便用花瓶灌了些清水，把叶子插进去放在北面窗台，没想到竟也长得不错，硬生生变成了水培植物。

我说："好奇怪，植物突然变得好养了。"

她笑笑，说："哪儿是它们好活，是你以前太忙啦，你现在肯蹲下来看叶子的背面了。所有用心对待的东西，都会不一样的。"

阿姨一定是诗人。

舍不得

我的"舍不得先生"差点就在我去年生日的时候离开我了。

我不是一个有"步数强迫症"的人,偶尔打开微信运动,大多是想从家人的当日步数来判断他们的健康状况。

他们向来是报喜不报忧的,尤其是外公。他今年九十岁,每天凌晨四点起床散步,日均三万步,这个习惯保持了半生,风雨无阻,无人能打破,包括他自己。

因此外公几乎一直占据着我的微信好友步数排行榜榜首的位置,如果哪天他的步数少了,有很大概率就是被身体耽搁了。

前几次被我抓包,是外公流鼻血不止,严重到住院去"烧血管"。这一次,连着三日,外公的步数显示为零。零意味着什么?他连手机都没碰。平日里他可是网瘾老头,手机从不离身,定是出事了。

拨通我妈的电话,她的声音发虚,一直支支吾吾。我嚷嚷道:"有些事可以瞒,有些瞒不了,要是外公有什么意外,我最后一个才被通知,那全家人都承担不起伤我心的后果。"

妈妈说,外公前两天晨练散步时,被外卖车撞上,还拖行了数米,腰椎和脊椎多处骨折,医院直接下了病危通知书。

我当即订了机票飞回成都。冲进病房时,外公正意识模糊地躺着。他这么大岁数,承受不了手术强度,只能保守治疗。

守了两天,外公度过了危险期。他偶尔清醒时,就会紧紧攥住我的手,反复念叨自己被车撞了,还说天花板上怎么全是人影在晃啊?

我从未觉得外公真正老过。就在一个月前,他还生龙活虎地给我展示自己发明的美容操,揉耳垂、搓脸颊,怕我记不住动作,还特意让我录下来。

视频里的他戴着毛线帽,脸颊红润饱满,皱纹都很少。而此刻病床上的他,骨瘦如柴,脸颊完全凹陷下去,牙齿缺损,只能吃流食,稍微翻身就疼得喘粗气,脖子还被一块石头牵引着,连入睡都成了酷刑。

监控显示外公绿灯时过马路,转红灯时没来得及走完,最后几步偏出斑马线,被来向驾车的小哥撞了。医生告诉我们,老爷子的情况,至少要半年恢复期,就算恢复得好,之后想走路也困难了,要做好在轮椅上度过余生的准备。

外公一声都没吭,但我知道他心里满是痛苦。对他这个年纪的人来说,比起要经受身体的苦,更难熬的是一个爱散步的老人从此走不了路,这意味着基本也就没有明天了。

我生日的前一天,返回了北京,准备第二日的生日直播。凌晨落地,打开手机,妈妈转来了一笔钱,说外公糊里糊涂就是不肯睡,一直念叨着今天是我生日,非要让她把钱转给我。我顿时眼眶泛红,安慰她,外公还记得我生日,说明脑子还清醒,一定会好起来的。

安慰的话是真的,好难过也是真的。

生日直播的主题是写作十年,同事们瞒着我送来惊喜,他们复刻了我十年前生日微博里的"土味"蛋糕。情绪上头,我掉了眼泪,那晚许的愿望,是外公一定要健健康康。

说来也巧,就在那几天,我参与了一档节目录制,中间要与一个"外卖诗人"对话,听他念自己送外卖时写下的诗:"赶时间的人没有四季,只有一站和下一站。"

我被眼前这个诗人炽热淳朴的表达打动,又同时回忆着躺在床上复健的外公,因为别人的"赶时间",竟偷走了他的四季。努力保持客观,也努力愤愤,像是上天给我的一场磨炼。

如今已过去一年，春节回家，外公慢慢走到我身边，张开怀抱着我，终于完成一场思念的仪式。

我无法想象他是以怎样的意志恢复到现在的状态的——不仅能走，外婆每天搀着他绕着楼下的花园转圈，步数竟然还能恢复到日均三万步。好像那些被钢钉固定的骨头里，分明长出了春天的藤蔓。

外公笑着说，外婆是他的拐杖。

他好像全然接受了那场意外。后来交警找到了那个小哥，他年纪轻，不是正式工，公司不负责，联系他家人，也赔偿不了多少钱。

外公说差不多就行了，自己也有责任，不会多要人家一分钱。

这一年的视频通话里，他的衰老变得具体，耳朵背得听不太清我说话了，总是自顾自问着重复的问题。毕竟那场意外还是实实在在地发生过，即使没有夺走他走路的能力，也加速了他的衰老，我真切地感觉到，他仿佛一夜之间从一个充满活力的小老头，变成了一个实实在在的九十岁老人。

说实话，我挺害怕面对这样的他，因为这就像在提醒我，要随时做好告别的准备。

视频里，外公总是把脸贴到镜头前，混浊的瞳孔像蒙了雾的月亮。从前他问我写作进度，关心我累不累，眼里总是带着期待。有一天他突然问:"开不开心?"我回答:"当然开心。"他立刻像个孩子一样笑了,说:"开心就行。"然后便不再多言。

外公心里定是有什么改变了,那些教会我们告别的意外,何尝不是时间最温柔的预习课。

我在《你是最好的自己》那本书里第一次写外公,给他取名"舍不得先生",写他这一生舍不得太多东西,唯一舍得的,是在我毕业后放我去了北京。

转眼我在北京生活了十三年,也离开了他十三年。尽管每年都会回故乡,但次数屈指可数,相处的浓度不过凝在几张合影和几顿团圆饭里。

想起年少时,舍不得先生碰见熟人,常去跟他们握手,我总会没礼貌地扳下他的手,死死抓着不放,还不怀好意地盯着那些人。舍不得先生哭笑不得。

因为那个时候我觉得,他只能是我一个人的外公。

此刻的我清楚知道,我们终有一天会告别的。我多想也扳下"那一天"的手,紧紧拽住外公,我还舍不得放他走。

好人一生有钱

现在的面包店试吃真的有种像在"赈灾"的架势。

一家常去的店,热门款的面包都会源源不断地被切块给顾客们试吃。那面包块切得比我给自己投喂的时候都大方,很不拿顾客当外人。尽管如此,碰到热情的店员,不顾我腮帮子里还胀着上一块抹茶吐司,仍然不忘提醒我:"传统法包马上要切啦,可以尝尝哟。"

只见案板上,法包在刀锯之下发出清脆声响,黄油从切面缓缓渗出,泛着诱人的油光。我浅尝一口,口感酥脆有嚼劲。选好面包准备结账时,店员半路杀出,又指着一款刚切好的芋泥吐司说道:"这是我们主打的新品,特别好吃,尝尝吧。"

盛情难却,我索性把盘子里切好的面包都尝了个遍。店员或许觉得我饿坏了,突然抡刀劈向吐司腰身,在锯齿刮过肉松的沙沙声里,足有两指宽的切片轰然坠落。这一刀太要命了，我拿着那一大块红豆肉松吐司，含泪吃了下去。

你能感受到他们不是机械完成指标的敷衍，而是真心实意地想让你多尝几口新鲜的面包，那热络劲，就像被亲戚按在饭桌前，看着他们不停地往你餐盘里夹菜。

我原本只是想去买个第二天的早餐，结果从店里出来时，连晚饭都不用吃了。

又是被温柔以待的一天，愿好人生意兴隆，一生有钱。

哼！

近日到了叛逆期。讨厌"松弛感""配得感""情绪稳定""浓人淡人""内耗"等一切外化的精神色彩标签，总觉得自己的情绪和精神状态既复杂又高贵，不应被这些标签化的词语简单归因。

这年头，好像不给自己强行安排一点毛病，日子就没法好好过了。

回想这些年流行的社会情绪，先从"努力努力再努力"开始，机会总是留给有准备的人，那时的日子像打了鸡血，所有人都朝着一个金灿灿的未来狂奔；紧接着，"丧"文化来袭，人间不值得，保持一个对万事万物都丧失感知的状态好像更酷；结果更高级的"佛系"又登场了，讲究的是一种"高级丧"的状态，生而为人，我很抱歉，那就放缓自己的节奏，躺平观察世界，眼耳口鼻舌身意都尽量降低能耗，不争便是最大的争。

一阵风过境，更多的词纷至沓来：太紧绷了，要有"松弛感"；想太多成了"精神内耗"；随地"大小骂"可不行，因为"情绪稳定"才重要。作为"网生代"，我们打开手机，一天能被推送八百条类似话题，总能找到一条符合自己所谓"症状"的，很难不被这些名词影响。

这些社会情绪就像是奢侈品一季季的限定联名款，好不容易买上了，结果过季了。最后只剩下干瘪的年纪和存款，体检报告上真实的结节将自己折磨得崩溃，再看到网上那些天天喊着这些名词的博主，怎么个个都过得比自己舒坦？

百思不得其解的时候，就怪原生家庭吧。哪怕爸妈只是有点大人的通病，也会觉得一定是在某些方面少了些偏爱，或者没给自己开天生的金手指，属于"原罪"家庭。好像不从原生家庭硬挖出点原因，接下来就只能直面自己的问题了。

有些东西是经不起深看的。那些框定你的名词背后，或许都藏着商家的焦虑经济学。人一旦产生愧疚感，就会反复咀嚼，焦虑了便会刺激消费，你其实没有需求，那就给你创造需求。

别再给自己安排毛病了，我们无病无痛，健康得很。

一无所有的时候，追求什么松弛感？情绪走到谷底了，还怎么稳定？只盼着那些小行星赶紧稳稳地撞上地球，世界末日早点到来。配得感是什么玩意儿？我眼睛一闭，世界都消失了，我不配得，难道楼上动不动就跳来跳去制造噪声的邻居配得？我是"淡人"，但只是对无感的人、事、物冷淡，我也很"浓"，我喜欢你的时候，你侬我侬。

我想用什么样子活是我的自由，累了就躺着，一周运动步数为零又何妨；有动力的时候，一定会向前冲，速度快到你随便拍张照，我都虚焦的那种。我天生自带节奏，不劳任何人费心。

当然，我永远年轻，潮流风暴中心又来了什么新的词，知道就好，反正从目前看，我这辈子是离不开手机了，如果这个巨大的茧房一直存在，那我就只挑我爱听的，而不是挑让我病的。

哼。

"买买买"人士的自白

最近居家浓度过高,整理出好几箱旧物。

人的物欲好像都会经历一个抛物线,从赤手空拳的穷学生,到疯狂囤货的仓鼠精,再到买收纳箱装囤货的套娃怪,然后发现整个家七零八落地全被杂物填满,于是开始追求低物欲、精简的精神生活。

我进度缓慢,主要太爱买东西了,还停留在仓鼠精阶段,且自感漫长。我知道家是一个巨大的能量场,需要整洁,守恒,不能全被塞满,因为总要留些空间,去迎接生活的变化。好在我舍得扔东西,通过每个年龄段购买和舍弃的类目,我反而能更好地认识自己。

善变并非坏事,别说对物了,我骂人的话术都变高级了,少了拼桌的耐心,多了掀桌的勇气。喜欢的季节从夏天变成春天,甚至讨厌起夏天来。唯一不变的是仍然满腹的物欲,总觉得如果人不需要那么多东西了,人生的很多意义就变得干瘪了。

可以爱大自然，热爱一切不需要消费就能体验的场景，享受听风看雨，被早晨晒被子扬起的飞尘感动，但我无法说服自己只看看就好。我喜欢抚摸物件的触感，喜欢用劳动所得换来的仪式感，尽管我知道很多都是狡猾的消费主义陷阱，它把"想要"包装成"需要"，把"占有"美化成"存在"，但我仍甘愿。人嘛，难得糊涂。

反正临终时带不走半片云彩，但可以选择陪葬的"阿贝贝"。在物我交欢的须臾里，当个尽兴的过客，才是对无常最嚣张的挑衅。

旧物整理完后，书架上多出不少空间，感觉又能添置一些现在喜欢的东西了。

阳光斜斜切进来，照着从冰岛带回的火山石镇纸，石头上斑驳的孔洞像无数微型房间，盛着大洋的风与陆地的雪。

市集上淘回来的小马插画钥匙扣，如今系上了绳子，挂在书挡上。想起那日逛市集，走到了这家摊位前，被这些木质的插画手作吸引。我被口罩遮了半张脸，摊主却一眼认出来，她说很多年前，我们就见过。回忆对上焦，彼时我在宣传公司上班，在网上看到她的画，很是喜欢，便将她推荐给了甲方，为当时的热播剧画了一组插画。

而今她有了自己的家庭，离开北京移居南方，她说自己的生活早已发生巨变,唯一不变的就是还在画画。

我笑说:"看来无论过去多久,我的审美还是始终如一,总被你的作品'硬控'。"

那天在她的摊位买走了这个小马钥匙扣,木质的关节可以活动,每当蹄尖轻叩时,便有一串重逢的蹄音,嗒嗒地跑回那个秋日的市集午后。

的确,很多美好的事物不必摆在展柜上,不该标注售价,但在这时间长河里,如果能短暂地属于某个人,好像也象征意义地让人类在这个什么都带不走的世界里,有一点温柔的对抗。

庄子的"虚室生白"自有其境,留白的墙壁才能看见光进来的形状,简单一点是挺好的,但如果在空墙上挂上心爱之物,当光照进来时,被这些花花万物切割、反射,墙壁上呈现的光的形状,永远在变幻。

我真想理直气壮地说,这不断变幻的,才是我的形状。

当我们拥抱时

喜欢拥抱,无论是与好久不见的人,还是经常见面的人。

当我们拥抱时,灵魂在跳舞。

汇流

推开外公外婆家的门,时间在这里走得很慢。我从六岁起就居住的老房子,依旧保留着记忆中的模样。

客厅的吊灯散发着柔和却不够明亮的黄色光线,映照在白墙上,无端生出一种淡淡的凄凉之感。墙上的挂钟整点报时的声音,与往昔毫无二致。每当钟声响起时,我就会不自觉同小时候一样,默默数起"当当"声。吃饭用的折叠木桌,边角掉漆的地方,是我小时候撞的。卧室立柜的玻璃门,沙发垫上的花卉图案,一切都像被冻在三十年前。

甚是可爱的,是柜子上摆放着我的写真照,旁边还放着两束干枯的大麦。那是十多年前在成都,我第一本书《你是最好的自己》的签售会上,读者送的,没想到外公外婆竟一直珍藏至今。

厕所门上的油漆掉得斑斑驳驳,门把手坏了好些年,一直用毛巾卡着门缝勉强关门。外婆亲手扎的布拖把,依旧挂在墙角，水池下用来接水的漆桶，桶底锈迹又厚了一圈。

这几年回成都，几乎都住在市内的新房，这老房子，算一算竟有六七年没回来了。门外也不再是小县城，早被商业中心与地铁线重新测绘，但这房子里的空气，还和我小时候放学回来时如出一辙。

这种恒常令人敬畏又惶恐。

我并不觉得这样好，当然也没有不妥。以前害怕家人永远活在过去，与我的生活节奏脱节，从而变得疏离，所以总是试图改变他们。劝过他们换新家具，不要舍不得，很多东西存起来就是最大的浪费，要学会享受当下的生活。但后来我渐渐明白，改变一个人是很难的事情。

年轻人不喜欢听到的那句"为你好"，如果放在他们身上，又何尝不是另一种形式的强加呢？硬要把他们拽进你的春天，可他们看不见春天的盎然生机，反而只会过敏，不停地打喷嚏。

就像我准备洗手时，习惯性地在洗手台上四处寻找洗手液，然后问外婆用什么洗手，外婆只是指了指架子上的肥皂盒。那块已经用得变形的小肥皂，湿漉漉的，上面还沾着几根她的白发。看到这一幕，我不禁微微一笑，还有什么好多说的呢。

我很难让他们理解洗手液的便捷与卫生，他们同样也很难说服我坚持用肥皂的种种好处。但其实我们的目的是一致的,都是为了将手洗干净。

只要确认彼此是幸福的,外婆在围裙上抹手的动作,和我抽纸巾擦手的习惯,最后都把日子过成了一条生动的小河——我们各自徜徉着,流向同一片海。

墙上风景

一直想在房间的墙上挂几幅大画,尤其是卧室床头的那面白墙,很适合有一幅安静的画伴着入眠。碍于大尺寸的画过重,普通的无痕胶贴在墙纸上,感觉颤颤巍巍的,实在不敢想象某晚在睡梦中死于非命,可是钉上钉子又会破坏墙体,如此一来,计划便只能无奈搁浅。

日子一久,墙纸的接缝处都泛出了黄渍,而那些选好的画,还在购物车里默默积灰。

年后大扫除时,不经意瞥见那空荡的墙面,突然被孤独感暴击。于是,我在网上搜索装饰画,发现布料挂画像发现新大陆。这种挂画的材质是短毛绒布,店家还提供定制服务,只需将图片发过去,手机拍的也行。一米五的画幅,三十多块钱。抱着试一试的心态,我上传了一张当年在新西兰瓦纳卡小镇拍下的孤独的树的照片。

三天后,收到了卷得像法棍一样的绒布,展开瞬间怔住。印刷效果超乎想象地好，油墨在晨光下仿佛会呼吸一般，摸上去就像触摸轻柔的云絮。用挂烫机熨平后，只需两枚小夹子，就能将它稳稳固定在墙上，随意又高级。而且脏了还能清洗，即便看腻了想换，也丝毫不会心疼，完美解决了我之前所有的痛点。

因为是自己拍下的照片，它便不单单有装饰功能，还有回忆倒影，每次经过瞥见树影摇晃，仿佛都能听见南半球的夜风在咬耳朵。

那棵孤独的树是在夜里拍下的。那日坐在岸边，陪着它从日落直到入夜，星子点亮夜空，月光倾泻在湖面上，树枝的剪影伸展腰身，其中有一处支出来的半截枝丫最为特殊，听说是前阵子被几个外国人爬上去折断的。它才不责怪人类的鲁莽和愚蠢，断也有断的美好。

自从那幅画挂在床头，我的睡眠都变得更深沉了。

最近，我又定制了一幅白天拍的孤独的树，挂在了餐厅的墙面上，吃饭的时候，总盯着水面波纹发呆，似乎能听见阵阵浪声。

代排才会赢

说来着实惭愧，在北京生活了十几年，最近才动念去国家博物馆瞧瞧。人哪，总爱在近处犯懒，想着家门口的景点跑不了，总归会有时间去的，于是伸长脖颈，满心向往着千里之外城市的烟火。结果有可能直到离开这座城市，被迁徙的风牵起行囊时，才惊觉好多地方都还没去过。

这次去国博，主要是为了一睹心心念念的凤冠。在手机上已经看到过它数次，那顶孝端皇后的九龙九凤冠，遍布珍珠与各色宝石，围绕帽胎的九条龙和九只凤，皆以金丝镶嵌和点翠工艺制成。作为首批禁止出国展览的文物，它将明代的奢艳永远镌刻在华夏山河的血脉之中。

我特意选了个工作日去朝圣，奈何现场看凤冠的游客队伍已经快排出展厅，展厅内空气稀薄，塞着长短不一的叹息。我只得站在警戒线外远远观瞻了玻璃柜中的凤冠，眼看着那些举着手机冲锋的游客，从各个角度"咔咔"拍照，拍完便走了，仿佛在遵循一种必须匆忙的潜规则。我在旁边干着急，恨不得剜下眼球掷进玻璃柜，好让那顶凤冠在我视网膜上烙下永不褪色的印记。

一气之下，我打开凤冠的高清大图，躲在人群后，怒看了十分钟。

离开纪念品商店前，我买了一个立体拼装的凤冠，想来作为前乐高资深玩家，对任何需要拼装的玩具都得心应手。可到家一拆开，顿时傻眼了。板材全是金属质地，为了还原凤冠细节，每块零件都极其细小，薄得如同蝉翼。徒手根本没法完成拼装，几乎拼装每一处都得用到镊子。关键是，单把这些密密麻麻的零件从板子上摘下来，已然废手。

这拼的可不只是精巧的构件，还有中年人被生活磨出茧子的耐心啊。

万事开头难，折腾了半个小时后，我果断放弃了。本着不浪费的原则，打算将它挂到二手平台，卖给有缘人。在推荐商品里，我看到了代拼凤冠的服务。

一名可爱的女生在描述中写道：解放您的双手，直接拥有精致成品。

我毫不犹豫就下了单。一周后，收到包裹，拆开是拼好的凤冠。我小心翼翼地将它放在亚克力展示盒里，和在商店里看到的完全一致。

其实当时在商店里,就差点问店家,能不能直接把成品卖给我,脸皮告诉我不可以。

女生轻描淡写地说,她追着剧就把这顶凤冠拼完了。她有强迫症,拼装完会在帽子里的卡扣位置用胶水加固,所以拿回来的凤冠只要不失心疯地强烈晃动,肯定不会散架。

这种心灵手巧的人间天使,我觉得她收费收少了。

我当然明白,拼插玩具最有价值的部分就在于拼装过程。但像我这样的人,确实有心无力,可对这小小艺术品本身的喜爱只增不减。想来,那个女孩子,凭借她的时间和手艺,不知已经拼出过多少顶凤冠。无视铁片磨坏的指纹,不在意被划破的小伤口,这怎么能不算一种偏执的匠心呢?眼前不禁浮现出在长夜深宫中镶嵌金丝的工匠,今古两代匠人的手指,仿佛在时空的裂缝中轻轻相碰。

我立刻原谅了没能近距离看到凤冠的自己,决定再战国博,挑个人少的时候,狠狠看个够。

值得错过

盛夏时节在海边走，人会丢了半条命。

如果和你一起走的朋友，还是那种选餐厅需要穷尽所有选项再挑一个的人，更为致命。米其林评委海选现场也不过如此。在我们为了找一家景观和好评兼具的咖啡店，在海边暴晒徒步了快半个小时之后，作为一块正在被炙烤的人肉烙饼，我即将爆炸了。

就算一天的咖啡份额有限，要谨慎选择，但成年人懂得权衡利弊，一杯咖啡不值得经受这样的考验，再晒下去，友情就要经受考验了。就在这时，那位缺心眼的朋友竟坐在一处台阶上，扭头对着已被晒得快九成熟的我喊道："来，帮我出张片吧。"

我发疯了，举起手机，像是举起一把枪，扣动扳机，以筋膜枪按压的频率疯狂按下快门。我这种没骨气的人，只能以虐待自己手机和给他出丑照的方式来进行无声抗议。

朋友在专心搔首弄姿,突然,他仰头发出如同开水壶烧开的尖叫声。

我下意识抬头望向天空,即便墨镜镜片给天空蒙上了一层褐色的滤镜,却依旧能清晰地看见一道格外显眼的彩虹。

我嘴上虽然骂骂咧咧,但还是不免俗地将手机摄像头调到前置,与彩虹亲切合影。

后来,我们终于找到了那家咖啡店,它就坐落在海岸线上。坐在二楼窗前,木质的案台被阳光烤出了一种黄油曲奇的焦香,我闻着味瘫在桌上睡了一觉。咖啡的口味如何我忘了,只记得那日小憩醒来,恰好看见了落日和橘子海,眼前的车辆被晚霞洒上一层金漆,眼睛里看到的每一帧画面都像是王家卫遗落的电影分镜。空调温柔地抚摸着汗涔涔的后背,心里的热气也被吹散了。

如果没有走进这家咖啡店,不会遇见这些风景。就如同那些哲思满腹的人所说,跳出舒适圈,先走一段艰苦的路,或许会收获别样的相遇。

然而,那晚回到酒店后,我就感冒了,发烧到三十九摄氏度。兴许是中暑,又或者是吹空调吹的。总之是瘫在床上两日,耽搁了后面的旅行。

没苦不硬吃,有些风景,你值得错过。

魔法船

迪士尼游轮上有个交换礼物的隐藏玩法,游客们只需在登船前准备好一些小礼物,然后在自己房间门口挂上装礼物的袋子,就表示自愿参与这场交换游戏。

当这艘满载着"圣诞老人"的魔法船起航时,正好赶上我们的春节。登船前,我精心准备了各种物品,除了糖果等零食、卡片贴纸和各类小玩具,还特意带上了红包、春联以及窗花剪纸,想给国外友人们带去一些中国年的震撼。

登船第一件事,便是布置自己的房门。有的家庭几乎将金属房门打造成了艺术装置,韩国母女在门框缠满星星灯,墨西哥夫妇用《寻梦环游记》里的彩陶骷髅挂满门楣。而我不走寻常路,在门上贴了福字、春联,将有中式元素的迪士尼动画人物冰箱贴一字排开,瞬间,红彤彤的节日氛围便满溢而出。

挂上备好的礼物袋,摩拳擦掌等待惊喜。

第一日的登船仪式结束后,在回房间的路上,我经过好几间房门,看到他们挂着的袋子里陆续已经有了礼物。可我这边还未有半点收获,于是决定主动出击,先用贴纸和动画人物小卡"试水",以谁的房门布置得最得我心为标准,逛遍了整层走廊。

递出礼物后,我倚着房间的阳台栏杆,看海面落日熔金,期待着门上薛定谔的袋子里会出现什么。一个小时后,满心欢喜地开门查看,袋子里空无一物。这才反应到刚才送出去的礼物上没写房间号,自然无法收到回礼。

以为第一晚就这样遗憾结束了。晚餐后,刚走到客房走廊,远远看见暖黄壁灯下,约莫五岁的金发"艾莎公主"踮着脚,小心翼翼地往我袋子里塞礼物。她的父亲静静地站在她身后,面带微笑地注视着这一幕。我屏息退回走廊拐角,不敢靠近,生怕打扰了这个特别的仪式。

听见她奶声奶气地说"要小声一点哟",像在安放易碎的宝物。她的父亲摸摸她的头,牵着她离开。我回到房间门口,将礼物取出来,是一支米奇脑袋的圆珠笔,上面贴着一张便笺,歪歪扭扭的一行英文,写着:This is my happy magic for you(这是我送你的快乐魔法)。末尾还留着他们的房间号。

硬邦邦的心在那一刻融化了。深夜，我将准备好的公主盲盒送到了"艾莎公主"房间门上的袋子里，希望小家伙能睡个好觉，第二天醒来抽到她最喜欢的公主。

晨光温柔地漫过舷窗，我一觉睡到自然醒，已经过了早餐时间。房门口的袋子里装满了礼物，先不说礼物本身，光是包装和留言卡都用心至极，好喜欢这种所有人都在认真玩游戏，积极保护童心的氛围。

其中有盒凤梨酥来自一个台湾家庭，他们在留言中写道，看到我门上的"福"字，想必是同胞，祝我新年快乐。

在异国他乡，心流也跟着热浪一起翻涌起来，着实被感动了。我将准备好的春联和剪纸回礼给他们，想着这几日用它们布置房间，还能赶上最妥帖的节日仪式感。附上便笺：春节好，we are family（我们都是一家人）。

四日的游轮行程很快结束，铺开满床的礼物：缠着糖果的手编幸运绳；紫色的《汽车总动员》玩具车；迪士尼人物徽章、笔记本、贴纸、小首饰……靠岸前两小时，我特意起早，抱着礼物穿梭在船舱中，趁着还有人没将礼物袋收起来，将这些礼物再次发了出去。

只留下了那支圆珠笔，用来纪念在船上被魔法吻过的日子。

游轮靠岸,海鸥掠过码头,衔走了这些茸毛般的善意,飞往城市中去。

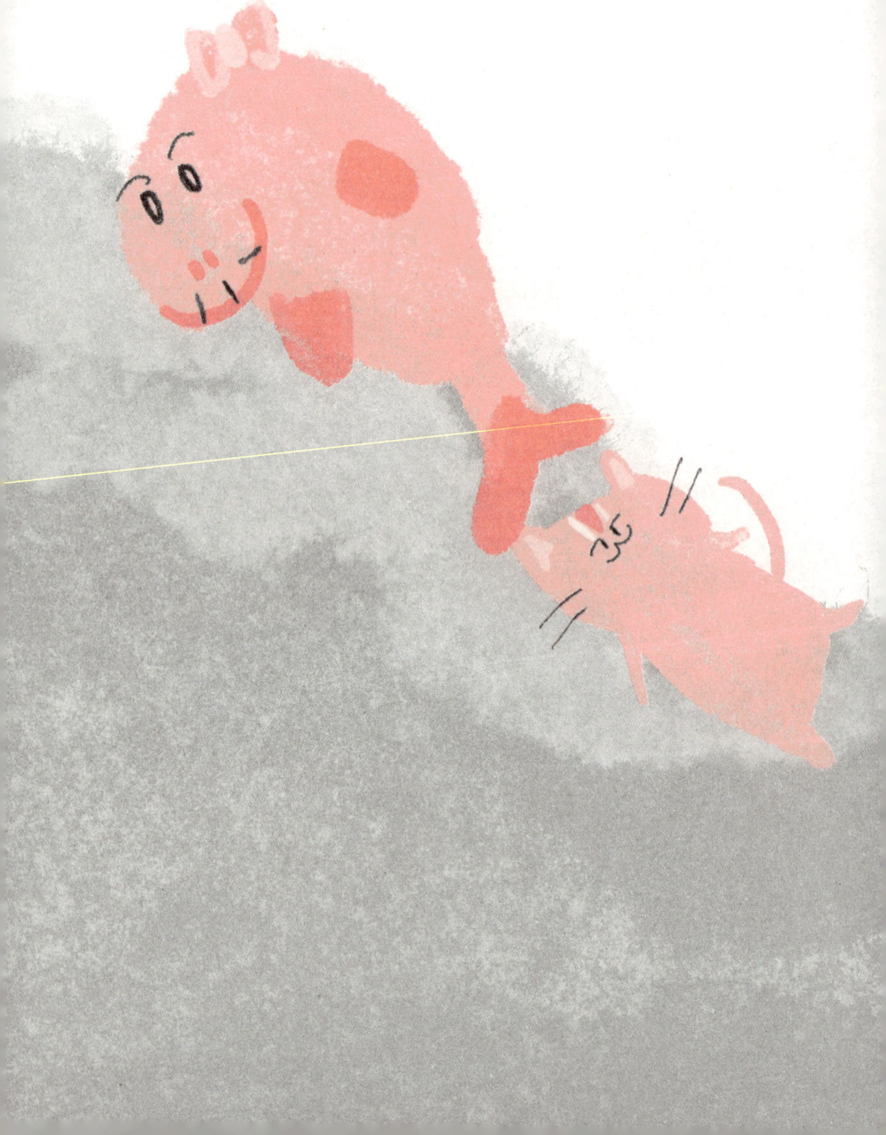

生活方式是过出来的，
不是只有准备好了的人才配实现的。

不卷了

人生松紧带

春天到了,适合胡思乱想。想象人生其实是一根松紧带。

倘若当下遭遇烦心事,我会试着把维度拉长,站在观察者的视角俯瞰自己的一生。当时间轴拉到白发苍苍的那一刻,再回头看此刻那些硌脚的石头,可不就只是些平平无奇的鹅卵石嘛。此刻需要体验的焦虑、迷茫、恐慌与疲惫,那就坦然接受吧,反正这些感受终究会成为过去。

卡住了,先不着急出来,乱动可能更严重。还没死,不妨就以这卡住的姿态打个盹儿,像冬眠的熊一样,把心跳调到最低频率。等睡足了,再去考虑如何走出去。

而另一种情况是没什么大烦恼,可能只是因为一段时间太过闲适,就会转而思考人生。尤其是被"人生意义"这类巨浪议题搅得眩晕时,我就会提醒自己松开那根被拉长的皮筋，从物理层面将生活缩小，小到最多只聚焦于几个小时之后的事，强迫自己活在当下。

人类学家大致说过，如今的年轻人，要么过度关注自我，对未来充满焦虑与不安；要么对着新闻里的全球危机长吁短叹，却反而看不清自己身边的生活。我们要学着重建自己的"附近"，将好奇心与注意力分出一些，给予身边那些具体的事物，与周围的人和环境建立起情感上的交流与互动。

比如我今天的行事历，写完这些文字后，我会先打开外卖软件，为自己叫一个三十分钟内送达的午餐，这样食物就不会在外卖盒里闷太久。接着，趁着等待的时间收拾房间，同时听完昨天听到一半的播客。我无法什么都不做专心听播客，没耐心，只能在洗脸、刷牙、上厕所或者做家务的时候顺便听。下午看状态，要是还行的话，再写上两个小时的书。今天的第二杯咖啡，我会从杯架上挑选一个杯子来"宠幸"，光是想想就好期待。说到杯子，前几天新买的一个杯子正在派送途中，晚上就能收到快递。

明天好像约了朋友，突然想起最近在综艺节目里看到用蹩脚粤语玩猜词的游戏，我那群充满表演欲的老友，玩起来肯定也会笑料百出。思绪飘到这儿，赶紧刹住，这样的想象已经足够丰富了，再往下想象就是对此刻的不忠。

未来什么样，谁在意呢。

不愈的伤口

朋友的父亲离世了。

这些年,我们虽不常见面,但彼此人生的重要节点,都未曾缺席。初到北京,我们一同创业开公司;我出书时,他为我四处"摇人"宣传呐喊;我决定成为全职作家,离开公司那晚,我们喝到抱头痛哭。后来,日子越来越好,我们都换上了大房子,经历着恋爱、失恋、又恋爱、又失恋,还曾约定谁再谈恋爱谁就是狗,再后来,他有了自己的家庭和孩子……

直到有一天,我突然收到他的一条微信:我没有爸爸了。

他父亲前一年查出肺癌早期,做了手术,本以为一切都已好转。可上个月,病情复发转移,才刚开始第一次化疗,还不到一个月,医院就突然下达了病危通知。死亡总是这般爱捉弄人,来得如此之快,连止痛泵都来不及拆除。没过几天，他的父亲便永远地离开了他。

回老家政务中心给父亲销户那天，窗口的亚克力挡板上积着一层薄灰。工作人员机械地念着清单：死亡证明原件、户口本、代办人身份证，按照规定，需上缴死者的身份证进行销毁。听到这话，朋友猛地抓住柜台一角，身子不受控制地颤抖起来，塑料椅发出刺啦声。他微微抬眼，眼泪便扑簌簌地往下掉，哭得难以自已。

他说，这几天他都没有这么哭过，这一刻，好像是真的感受到爸爸的离开了。

窗口的工作人员冷静地旁观着，这样的场景对她而言，已是工作中的常态。朋友眼睁睁地看着她用剪刀剪下父亲身份证的右上角，那个陪伴了他四十年，在世界上存在过的父亲，瞬间被压缩成一张作废的塑料片。

"其实可以保留的。"工作人员说着，把缺角的身份证推了回来，印章仿佛在死亡证明上压出一道凹痕。

朋友愣了一下，缓缓收回父亲的身份证，嘴唇艰难地开合，却吐不出完整的句子，半晌，才轻声说了句："谢谢。"

我发现死亡最吊诡的辩证法，它越是粗暴抹去物理痕迹，记忆越会在血肉里疯长。就像这张被剪角的身份证，"父亲"这个词，永远不会在他的人生系统里真正注销。

而后这几年，朋友发生大小事还是会习惯性地发微信给父亲，尽管他知道，永远不可能再看到"对方正在输入"。他把那张缺角的身份证夹在父亲生前的钱夹里，每次出远门拿卡包或者护照时，就会顺带翻出来看一看。

日子一天天过，从不给人太多难过的时间，旁人以为他习惯了没有父亲的生活。阳光总是灿烂，他将父亲的身份证对着太阳，光线从那个锯齿形的缺口漏下，在他脸上映出一小片永远无法愈合的伤口。

草原上的哀鸣

朋友阿班是位电视节目导演,多年前,因制作一档节目前往南非采风。对艺人来说,可能只是十来天的工作量,但对他们导演组而言,背后藏着长达数月的前期准备,像张散开的树状网,每个环节都得亲自体验,事无巨细。也正因如此,阿班才有机会与当地的野生动物保护组织深入交流,并做了两周志愿者。

凌晨四点,南非大草原还浸在靛蓝色里。阿班裹着防风毯,蜷缩在敞篷越野车上,看着野生动物专家往麻醉枪里填装氯胺酮药剂。这是他参与野保项目的第三天,即将收获新的人生时刻——跟随野生动物专家执行一次对白犀牛的救助任务。

这头犀牛妈妈,是三年前被志愿者发现的。当时,它面部创口深可见骨,裸露的骨头上爬满了红蚁。盗猎者为获取完整犀牛角,竟用斧头从它鼻梁处斜劈而下,致使其脸部血肉模糊，场面触目惊心。经过漫长的救治，白犀牛恢复了健康，组建了家庭，还拥有了自己的犀牛宝宝。

此刻，麻药生效，犀牛妈妈轰然倒地。在专家的指导下，特制护具覆盖住犀牛妈妈的眼耳，以防它因人类的聚集而心生恐慌。待它镇定后，专家便会为它安装定位装置，用于监测其行踪。

阿班戴上乳胶手套协助采血时，犀牛妈妈鼻腔呼出的气流掀起了草屑，他不禁有些犹豫，不敢下手。专家见状说道："它其实能感知到善意，你可以试着触摸看看。"

阿班的指尖轻轻触碰到犀牛腹部的皮肤，那温热且弹软的触感，完全颠覆了他的认知。既不似他想象中那般粗粝如革，也不像河马和大象的皮肤那般厚硬。他有个很妙的比喻，就像是将手臂伸直，揉捏胳膊肘弯处的皮肤，莫名舒适。他继续向下，缓缓将手掌贴在犀牛起伏的肋侧，真切地感受到生命在枪伤疤痕下持续奔涌的力度，心像被狠狠扯了一下。

眼泪瞬间涌上他的眼眶。

他看着一旁同样正在接受检查的犀牛宝宝，像个孩子般不解道："盗猎者为什么要切它们的角啊？"专家无奈地告诉他，因为很多人迷信，以为犀牛角磨成的粉能治病，又或者纯粹是为了挑战国际禁令。比起走私毒品，盗猎作为"黑市黄金"的犀牛角,犯罪成本太低了。

眼前这只母犀牛,已经算命大了,盗猎者取了角,没有夺走它的生命。犀牛和大象一样,因为标志性的角和牙齿而遭受严重盗猎,这对濒危动物而言,伤害巨大。相较于连着神经血管的象牙,犀牛角百分之九十都是角质蛋白,类似人类的指甲盖,其实可以安全切除,且还会持续性生长,但盗猎者偏要杀死它们获取整角,只为在黑市多卖两成价钱。

南非草原养活了全球七成的犀牛,然而每天都有数头犀牛倒在盗猎枪下。保护区试过各种办法,将犀牛空运到荒野,给犀牛角注射能让人腹泻的毒素,甚至用工业染色剂把角泼成荧光粉色。可黑市买家根本不在乎犀牛角是粉色还是绿色,犀牛依旧不断遇害,盗猎数量反而连年攀升。

在人性的污浊之下,总有破不了的局。

救助任务结束后,所有人撤离到五百米外,等待犀牛母子苏醒。犀牛视力不佳,只能通过气味和低频鸣叫来确认彼此的方位。阿班看到,犀牛宝宝缓缓走向母亲,当母子相聚时,犀牛妈妈用残存的角根轻轻抵住幼崽的臀部。这个本应用于防御的天生武器,此刻却成了最温柔的灯塔。

这个画面深深烙印在阿班心里。虽然后来节目夭折,他也再没机会重返南非那片草原,但这段经历成了他人生中不可多得的回忆,逢人便会讲起。

直到今年,他和我一同迷上了陶器。他常关注一位陶器作者,其作品多为动物赏盘,采用剔刻手法,还原了每只动物的毛发感,栩栩如生。阿班将白犀牛母子的故事讲给作者听,想为它们定制一块专属的盘子。

一个月后,作者把烧好的盘子赠予他,说是给野保专家和志愿者们的礼物,以此表达感谢。这是一件替那些被砍断角的生命发声的器物。

阿班感动不已。

那个赏盘上,犀牛妈妈正面而立,坦然露出被切去犀牛角后留下的空洞,那空洞宛如无声的呐喊。而一旁的犀牛宝宝正伏在它身下,仰望着母亲,仿佛在轻声提醒:"妈妈别怕,我还在啊。"

一部分人类忙着释放贪婪的恶意,另一部分人类则用尽全力留下了善意,它们如此割裂却又并存着,也不知要过多少年,草原上的哀鸣才能被消解。

挪威一家人

在挪威罗弗敦群岛停留的那几日，天气始终阴沉沉的，仿佛被一块巨大的灰色幕布笼罩着。

唯独停留在雷纳小镇那日，迎来了久违的晴天。天还未亮，我们便早早来到桥上，打卡峡湾边闻名遐迩的红房子酒店。海岸线咬噬着内陆，诞生了边缘陡峭却异常美丽的峡湾，而这些红房子，恰似上帝不经意间在峡湾一角随意撒下的积木，依山傍海，与残留的积雪相互映衬，难怪这里能成为《孤独星球》挪威篇的封面。

我们在桥上等来绝美日出，朝霞将天空染成粉紫色，照片拍够了，收到司导信息，今日原计划唯一通向奥镇的山路，由于山顶落石危险，路政局封了路。

尴尬的是，封路不仅影响了我们的行程，关键是住在对岸的司导也无法过来。在这偌大的峡湾里，没有交通工具是件非常棘手的事。

好不容易迎来一场好天气，我们决定将行李存在酒店，步行前往司导所在的位置，看看情况究竟如何。避着车流徒步一个小时后，终于来到被封的山路口。在那里，我们几乎能直接看到滞留在不远处的车辆。本想着走过去试试，可路政局的工作车在路口来回巡逻，明确禁止行人通行。

此刻，我们与司导虽然直线距离仅有五百米，却仿佛隔着一整条银河。

司导再次发来信息，告知最新的通车时间大概要到下午。就在路口，我们遇到了一家子中国人，看上去像是一对年轻夫妻带着妈妈一同出游。他们原本也是打算从这条路前往奥镇，见我们几人可怜巴巴地全靠步行，便询问我们有什么计划。我们两手一摊，三个人热情地让我们上了他们的大车。

我们决定往回开，就在附近的峡湾拍照。车上，男主人负责开车，女主人和阿姨在后面着急上火地指挥，丝毫不避讳我们这些陌生人在场，因为停车的位置拌嘴，吵得像是即兴话剧。三个人的相处就是温馨家庭的高配模版，男的就不要讲究什么家庭地位了，服务好女士们就是最好的家庭地位。

那半日，我们坐在他们的车上，围着峡湾一角走走停停，互相给对方拍照，只要天气好，随便按下快门，都是一张绝美的风景写真。在异国他乡，能被这样可爱的一家人热情相待，已然是个温柔的故事了。

后来才知道他们并不是一家人。

开车的男士裸辞后离开上海，此刻已经是在世界游玩的第三年了。积蓄用完后，他靠着途中结识的朋友，兼职做司导来赚取旅行经费。女士住在巴塞罗那，当全职太太的时候像被豢养，守着偌大的房子，情绪耗成一口枯井，早就忘了自己是谁，毅然决然与丈夫离婚，决定先把世界看完。阿姨是成都人，跟着孩子们移民到欧洲，但她闲不住，也不喜欢给子女们带娃，喜欢有自己的生活，所以经常出来四处闲逛。听说我是老乡，阿姨拍着我说："怪不得长得好噢。"

成都人真的都是爱说实话的天使。

这三个人有一年在布达佩斯萍水相逢，互相一合计，辞职的浪子既会玩又会开车，不想带娃的"硬核"阿姨口才了得，出逃豪门的女子有的是钱，三块原本毫无关联的临时拼图，就这样组成了固定的旅行搭子。

自己的故事脚本已经足够好看的三个人，看似极难碰在一起，竟然还组成了一个家庭的成员配置，在世界各地疯玩闲逛。女性话题、代际沟通，再加上出走的决心，听起来就像是一部精彩绝伦的公路电影。

往往有故事的人更容易惺惺相惜，我们都需要在同温层里晒干内心的潮湿，一起踏上旅途，又有什么不可以呢？

终于，司导发来信息，说马上可以通车了。这"一家人"将我们送回红房子所在的桥边，与我们告别。

男士加了我们微信，说如果今后想去哪里旅行，可以找他。写到这里，我点开他的朋友圈，此刻他坐着军车入境尼日利亚，前几日还在刚果投喂大猩猩，过去的整个冬季都在欧洲各处的雪山上滑雪。

想起小红书上看到的一篇图文，有人标出世界地图上不知名的小岛，问："有人到过这里吗？"评论里真的有好几个人发来照片，表示他们去过。世界好大，人类好多，有太多人用你想象不到的生活方式在实践着人生这件事。

起初看到这些，我们会满心羡慕，可看得多了，也就疲惫了。然后给自己找很多理由，觉得过着那些生活的人要么有钱，要么有时间，总之就是要合理化窝在家中安全区的自己，说到底，还是不肯迈出一步罢了。

生活方式是过出来的，不是只有准备好了的人才配实现的。那些曾让我们羡慕到失眠的人生，不过是千万种活法里最普通的一种。

好好旅行，绝不等以后。

答案盲盒

对我这种盲盒重度玩家来说,单纯抽盒带来的未知乐趣,已然无法满足我。于是将《答案之书》的玩法用在抽盒上,与朋友们一起买好喜欢的款式,在拆盒之前设定各种问题,诸如接下来拆到的盲盒,代表今年的财运如何、未来对象会有怎样的性格、自己需要保持什么特点等。

有趣的是,有一回我问:"宇宙有什么想嘱咐我的?"

当我拆开那个盲盒时,只见里面的小朋友举着钻戒,脚下踩着一个能够亮灯的灯箱,上面赫然写着"you are the best(你是最棒的)"。那一刻,它不再是一个普通的PVC[1]树脂玩具,它是我的命。

这些看似可笑又幼稚的仪式,实际上是成年人的自救指南。其实我们并非一定要人声鼎沸的关注,即便在不被爱的

---

1 聚氯乙烯(polyvinyl chloride)的简称,一种合成聚合物塑料。

时候，我们也有能力为自己营造被爱的感觉。抛开宏大叙事下的功成名就，一个盲盒就可以让我收获人生时刻。

不仅如此，这个玩法还能平移到听音乐上。用音乐软件设置随机播放，点开收藏列表，下一首歌，便代表今日一整天的心情。

公园博主

作为自封的公园博主,我在北京最喜欢的公园,是国家植物园。

可惜离家太远,驱车要一个多小时,因此也不能常去,反倒成了一期一会,正好每次去都能撞见新风景。

去年秋日拜访时,水杉林只剩枯枝。我蹲在旁边的空地上学小红书高手拼落叶,想用不同红绿色系的叶子复刻小王子和狐狸。结果拼到一半,模样太潦草,落叶又不够,索性放弃,怒而给那几位"捡秋大神"疯狂点赞。

有些民间手艺活该爆火,这可是老天爷追着喂饭的技术。

今年春天重访这片水杉林,想起去年的插曲,那个我蹲在地上拼图的位置,已经被新绿覆盖。中央新栽的玉兰树正半开着花,苞蕾们挤挤挨挨争抢话筒,仿佛在与春风讲八卦:"你看啊,这儿曾有个创作未遂的暴躁青年。"

"哎呀，他又来了。"

国家植物园还有个特别之处，里面藏着一座我很喜欢的寺庙，名为卧佛寺。其中佛像造像精美，与其他寺庙惯常的风格不同。比如殿中的观音坐姿潇洒，配以门上的匾额拓着的"得大自在"来看，极具网感，看得人身体里再多紧绷都瞬间"哗啦"散了一地。

恰好在入口的纪念品商店一眼相中了同款的四字冰箱贴，举着它与门上的匾额拍合照，给冰箱贴"出片"比给自己"出片"还带劲。

离开寺庙前，碰见一扫地的灰褂老人，指着门前的蜡梅，说它枯了三年，今年春天枯树枝上居然长出了新叶子，这叫"回魂香"。

我戳戳同行朋友，打趣道："没事多来公园里逛逛，植物都比人懂怎么开启第二人生。"

这次发现藏在植物园深处的一片密林，小路被巨树华盖笼罩，树枝垂到地面。在林间缓步，有种踏实的安全感。

想起两年前去新西兰旅行，在基督城的公园里也看见一处巨树，从外面看树冠隆起，密布的树枝如一张绿网拂地。靠近时，发现可以躬身钻进去，树内的世界别有洞天。仰头而望，我所在的位置像心脏，密密麻麻的枝干如肋骨撑起天空，将外界隔绝。我趴在最粗的横枝上，带着树皮硌着下巴的微痛，浅浅睡了个倒时差的午觉。

此刻抚过北京垂枝的叶脉，感觉像是和新西兰的那个自己隔空击了个掌。

来到枝叶最盛的一处树荫，铺开带好的餐布，决定在树下睡一觉。

突然有鸟群掠过林梢，树冠发出声响，准是在借羽翼的缝隙吞吐春风。一切都惬意得恰到好处。迷迷糊糊睡了二十分钟，庆幸没有花粉症作祟，要知道我过敏的朋友们这段日子都无法出门，更可怕的消息是——再过几日，满城的柳絮即将震撼登场。

没关系，在北京住了十多年，我乐于享受京城这样的季节限定，毕竟最难得的，是此刻的好天气。

就写到这儿吧，还想再赖一会儿。

春分

春分节气那天买回一条斗鱼，蓝绿色的尾巴像被揉碎的银河，起名"春分"，以此纪念我们缘分的开始。

清明假期归来，见它夹尾沉在缸底，鱼食吞了又吐，躲在榄仁叶下，就这么抑郁了一周，俨然一副随时准备启程去"鱼星"的模样。

按店家指导用黑布裹紧鱼缸，整整三日，春分成了薛定谔的鱼，生死未卜。打开黑布前一晚，我神经质地抱着鱼缸，与它说话："春分啊，如果我有什么地方没做到位的，先跟你道个歉，我特别喜欢你，要是你也觉得咱俩有缘分，一定要好好的啊。"

第二天一早，我掀开黑布，又看到了流动的银河。

那晚的情话，它肯定听到了。

美人鱼

极少前往动物园和海洋馆,尤其是那种有动物表演的场所。每当看到动物们匆忙执行着那些滑稽指令时,我心中总会涌起一股打工人般的辛酸,实在难以笑出声来。也不知道这些被豢养、被投喂的动物究竟是乐在其中,还是仅仅因为我以自身粗浅的意识去投射,联想到人类在社会规则之下,被迫张嘴接食的身影,透着说不出的疲惫。

那次在日本乡间漫游,不经意间停留在一座名叫鸟羽的海滨小城。空出了一整天时间,正愁不知该去往何处,查完攻略后,终究还是迈进了当地那家备受推荐的水族馆。

馆内的网红水獭展区被人挤得水泄不通,两只水獭围绕着饲养员打转,尽情散发着可爱。然而,我的目光却被隔壁一只名叫赛琳娜的"美人鱼"牢牢攫住。

玻璃幕墙后的庞然大物,正是世上为数不多的儒艮。展板上的记录显示,赛琳娜最初来到水族馆时,身长不过一米五，如今已长成近三米、重达三百多公斤的温柔巨兽。

突然想起南朝《述异记》里的记载:"南海中有鲛人室，水居如鱼，不废机织，其眼泣则出珠。"这是古人最早对"美人鱼"发光的想象，我查阅资料后发现，所描述的其实就是儒艮。

由于雌性儒艮在哺乳时，会用鳍状前肢紧紧搂紧幼崽，将头和胸部露出水面，胸前的乳头在薄雾中若隐若现。那些遥远渔船上的眼睛，便把这份母性辉光，错认成美人鱼的神话。

我呆愣在近处，遥望这只灰白色的远古精灵。它嘴吻天生微弯，仿佛含着永恒的笑意，即便身处这略显逼仄的人造海洋，它依旧自在，时而游上游下，一刻不曾停歇。

赛琳娜进食的模样格外可爱。因其拥有哺乳动物中罕见的吸盘式口鼻，进食时就像吸尘器一般吸食海草，而后在嘴里细细咀嚼。看着它粉白的嘴唇吧唧蠕动，莫名让人感到治愈。光是看着它这样进食，我便能在这儿待上一下午。

隔壁水獭区不时传来阵阵欢呼，想必那两只小家伙又在卖力卖萌了。不像眼前的赛琳娜，始终一副岁月静好的模样，不争不抢，一门心思只惦记着水里是否还有遗漏的海草。

站得累了，便背对着它坐在玻璃幕墙前的台阶上。就在伸手轻触那冰凉屏障的瞬间，它竟突然朝我游来。我下意识地挥了挥手,只见它那庞大的身躯在水中优雅地盘旋,尾鳍轻摆,宛如薄纱,缓缓游弋出一道温柔的圆弧。明知在它眼中,我不过是万千过客之一,但那一刻,我却固执地认为,它是想和我交流些什么。

这具近三米长的身躯凝着孩童般的纯真,清澈的眼神穿透水流,不知为何,仿佛整片海洋的寂寞都沉在它眼底。

听工作人员介绍,它曾有一只名叫纯一的伙伴。那是一只一九七九年入馆的雄性儒艮,相伴三十余年后,于二〇一一年离世。如今,全球儒艮濒临灭绝,赛琳娜独自守着这座海洋馆,甚至在全世界范围内,圈养的儒艮仅剩三只。

也许它只是在等待,想亲眼看着最后一颗星星熄灭。

离开展馆前,瞥见资料卡上赛琳娜的生日——四月十五日,竟与我同天。此时我的心跳都加速了,身体里的热流上头。直到在纪念品商店紧紧攥住封面印着赛琳娜照片的笔记本时,脸上的热度仍未消散。

感谢你,赛琳娜,做了我一个下午的朋友。

也许你根本不屑于被人类观赏,但你一定要好好活着,还有那些同样濒临灭绝的动物,也请你们好好活着。我们所能做的,便是记录下你们的存在,并且记得你们。

宇宙中的星星如此之多,很久很久以后,我们都会再见的,到那时,又何尝不算是一种赴约呢。

许愿的正确方式

很久没去上海,这次因为品牌活动短暂停留了两天一夜。

活动场地位于外滩源壹号,这座外滩最古老的建筑里,静静伫立着一棵巨大的广玉兰树。它的历史可追溯到一八〇〇年,这棵树历经风雨洗礼,在火灾与雷劈的磨难中劫后重生。树皮开裂之处,嵌着十九世纪的雷击纹,中空的躯干内,却倔强地长出新枝。五月暮色中,花瓣如细碎玉屑般纷纷抖落,自然的神奇力量,在这棵树上展现得淋漓尽致。

品牌公关告诉我,很多人会慕名而来,在这棵树下许愿。

晚宴结束后,我们循着玉兰香气专程来到院内深处。一行玄学至上的人,听闻可以许愿,都无比虔诚地与这棵广玉兰树亲密接触。我站在空落落的树皮中间,侧身抚过树洞边缘炭化的疤痕,的确宛如一尊被自然精心雕刻过的艺术品,满地的玉兰花瓣像是泛着潮气的愿望,路面昏黄的灯光漫过,更添了几分神圣。

公关始终站在射灯之外,静静地看着我们。当我好奇询问他为何不过来时,他背着手,苦笑着说,自己很少许愿,因为每次许完愿,想要的东西似乎都难以实现。

我思索片刻,说道:"那是你许愿的方式错了,不是去要求,而是要感谢,感谢你已经拥有了它们。"

公关微微一怔,像是瞬间领悟了什么。

我去过许多城市的庙宇,发现里面几乎都挤满了年轻人,上香文化愈发鼎盛。法物流通处永远人潮涌动,最为热门。人们的手腕上戴满了手串,文玩被盘出了温润的包浆,水晶被赋予五行之说,甚至连御守也成了人人争抢的护身符。在这个连衣服颜色、发型、微信头像也有喜用忌用,手机壳和壁纸都寄托着各种心愿的时代,即便如此,人们似乎还是感觉内心有所缺失,玄学终究填不满心上的空洞。

有时候,不刻意去求,反而更容易得到自己想要的。因为"求"意味着自己正处于未得的状态,每次向外界传递这样的信号,其实都是在强调自己的匮乏。真正的丰盛,应是站在已然拥有的视角,去想象若已拥有所求之物,自己会呈现出怎样的状态,平日里会如何说话,身着什么样的衣服,喜爱吃什么……越细致越好。

将自己代入这样的状态中,当你感受到满足时,便会由衷地对这个世界道一声谢谢。

　　于我而言，任何可以许愿的场景，都是一次对近日生活的感恩小结。无论面前是令人敬畏的佛像，还是这棵饱经沧桑的广玉兰树；无论是每年生日的烛光，还是偶然遇见的双彩虹，抑或中二地用手指框住一百架飞机的瞬间，我因为拥有这一切，所以我值得这一切。
　　所有叩拜的，就在自己掌纹深处。

我已穿越而来

从前，脑海中总会萦绕一个疑问：倘若在未来世界，时光穿越成为可能，那未来的我，为何还不来看看此刻的自己，回访这一去不返的青春呢？由此推断，在我有生之年，大概是不会出现时间机器了。

直到有一天，我忽然想通了。或许穿越并非如影视剧中那般低维度的想象，不一定要发明出实体的时光机，也无须借助虫洞，或是赶上七星连珠之类的特殊天象，更不需要我与我会面，担心什么祖父悖论。可能未来的我，早已化作无数细小的信标，散落在自己今日的生活日常中。

有一回，我在自家楼下的车库里，瞧见一只姜黄色的流浪猫。它踩着我的影子，一路跟着，直至我走进大厅。我打开门，它也不进来，只是隔着玻璃门，定定地凝视着我。它的瞳孔映着屋内的冷光，像两粒尚未启封的时间胶囊。那一刻，我的心情莫名大好，一种被关注的安定感油然而生。

到家后我反复回味这个画面，仍觉得好温暖。

于是，我与自己做了个约定：今后在任何公共场所，只要偶遇一只猫，就当作未来的我发来的暗号。他提醒我，今天的运气会格外好，我值得被爱，要记得多笑，记得踏实做自己，因为我现在所做的已然很好了。只需按照自己的节奏，去度过美好的一天。

那些从车底钻出来的、在寺院草地上晒太阳的、在屋顶高傲走过的，甚至在树干上慵懒打哈欠的猫科信使，你们可以放心啦，我一直都有好好做到。

我明白，这已然是未来的我，向我透露的最大人生秘密。

猫们

两年前的春天,我在产业园尽头租下一间毛坯房当作工作室。毕竟出书这么多年,一直都没有一个固定的地方,能让我和编辑同事们安心开会办公。我想着疫情都结束了,总不能还在各大咖啡店和公园长亭里打游击战、蹭出版社的会议室。

工作室装修完,搬进去开工那天,同事抱来一只她领养的银渐层小猫。小家伙蜷缩在箱子里,肚皮随着音响播放的音乐节奏起伏。其实我一直有个养猫的心愿,但因为自己在家散漫惯了,写东西的时候六亲不认,写完又爱满世界溜达,无法对一只猫负责,耽误铲屎大业。和同事商量后,大家一拍即合,决定把小猫养在工作室,让工作室变成猫舍,全员共享吸猫权。

当时正好赶上我的散文集《抬头看二十九次月亮》出版,我顺口就给小猫取了个颇具纪念意义的名字——二九。要是二九会说话，估计到现在都想不明白，那书名那么多字，为啥不叫"月亮"，哪怕叫"看看"也行啊，人类啊毁灭吧！

二九是天生的社牛天花板，几乎只要是个人推门进来，她就会连滚带跳地从二楼飞奔而下，一个滑步，稳稳趴在访客脚边。要是访客蹲下摸她几下，她便会从容地亮出肚皮。连我们的快递小哥都特别喜欢她。

二九性格温顺，守规矩，不吵不闹。工作室里摆满了我的油画和书籍，连我看着雨露麻的油画布都忍不住手欠想抓，可她居然能忍住，从未糟蹋过任何东西。记得那时为了赶新书签名，印厂运来了六万张环衬纸到工作室。环衬纸就是每本书翻开的第一页，因为几万本成书实在太占地方，所以我们通常先在环衬纸上签名，最后再运回印厂装订进书中，作家的签名本基本就是这么来的。

那半个月，我每天就像工厂里的工人，机械地左手拿纸，右手签名。早上十点开工，一直签到晚上十点，中间就点个汉堡或者麻辣烫对付一下。

同事们都非常心疼我，走的时候还不忘温馨提示，楼下的灯就不关了。人去楼空，纯属于精神陪伴了。

只有二九，不管一楼的世界多么精彩，总是默默爬上二楼，跳到我身上，将自己团起来陪我签名。被她毛茸茸的身子轻压着，我心里感到莫名地踏实。

那些原生的环衬纸每次掀起放下，都会扬起细密的粉尘，有时我忍不住打个喷嚏，才发现满桌满身都是黄屑。

我低下头，捧着二九的脸，她的毛发上也沾上了黄屑，我用纸巾轻轻给她擦了擦。她仰头，用黄色的瞳孔盯着我。我问她："二九，你呛不呛啊？"她"喵呜"一声，又开始亮出肚皮，还把尾巴卷成逗号状，圈住我的手腕。

工作室没能熬过第二个寒冬。冬天实在太冷了，行业也冷。我不想打肿脸充胖子，没有余力强撑工作室的排面，只能追求性价比，签好了转租协议。就在气温降至零下、暖气片宣告罢工那周，二九悄悄当了妈妈。猫爸爸是只内向的金渐层，我们原本天真地以为二九会给我们带来几只金色崽崽，结果她的基因太过强大，生下了三只银白的小崽，完全不给爸爸参与的机会。

工作室没了，小崽们的去处成了难题。老大被朋友领养走时，小爪子在瓦楞纸板上挠出沙沙的声响。剩下两只小猫蜷在窗台晒太阳，活像两团还未拆封的毛线球。我们实在不忍心，决定各自认领责任，当起"云爹妈"，有钱出钱，没钱出人陪伴，再不济，在今后小猫生病、绝育的时候当司机。我们决定不再送人了，老三是弟弟，头上有一撮深色毛发，给他取了一个可爱的名字——奥特曼。老二是女孩，文文静静的，我们把她的照片发到微博上，让读者们帮忙起名，大家给了她一个很圆满的名字——月亮。

你看，一定要相信光啊，工作室虽然不在了，但抬头还是能看见月亮。

小猫们长得太快了，二九很快就做了绝育。为再版书直播的时候，我带着三个月大的奥特曼出镜，还带月亮去宠物店选了好几身漂亮衣服，给她做社会化训练。到了去年年末，轮到奥特曼和月亮绝育。时光流转，不过一眨眼，猫咪们就完成了从奶团子到白月光的进化。

重逢已是数月之后。我因为写剧本和新书闭关了很长时间，推开门，发现猫咪们在同事家已经俨然一副主人的姿态。弟弟奥特曼居然是三只猫里最瘦的，趴在地上，身子长长的一条，毛发白得像雪，透着一种偶像剧里冷面冰山"霸总"的气质。月亮和二九几乎是等比复刻的，我差点都不能区分她们，区别只在于虹膜色素沉积度不同，月亮的眼睛是绿色的，二九的是黄色的。

奥特曼和月亮似乎觉得我有些陌生，我追，他们躲。唯独我的二九，不会躲开我。

二九蹲在橡木桌上，静静地盯着我。我说："是我啊，你还记得我吗？"她翠绿色的瞳仁不住地颤动，真的看了我很久，才仿佛认出了我。我被这个凝视深深打动，想起她刚来工作室陪我签书的那些夜晚，问她呛不呛的时候，她也是用这样的眼神看着我。

我屁颠屁颠地跑到客厅,跟同事们炫耀,二九还记得我!

他们一阵爆笑,指着地上正优雅舔毛的那只猫说:"二九在这儿,那只是月亮。"

果然,写故事的人最擅长给自己安排自作多情的戏码。

但有什么关系呢,突然希望时间能像猫抓板上的瓦楞纸,可以被他们没心没肺地挠很多很多年。

科学无法解释的一切

出于各种原因,这几年的清明节我都没有回过成都。按照懂行的朋友的说法,到了日子,即使不在坟前,在自己所处就近的地方,找个十字路口,一把火送上元宝冥钞,也可以关照到逝去的人。

朋友还说,烧纸前得画个圆圈,但是要留个口,让他们进得来,也出得去。在我家里的亲人中,爷爷是最先离开的,直到如今,只有他成了宇宙的开路前锋。不过这样也好,到了清明这日子,我们都只惦念他一人,一人吃饱,全家不愁。

朋友又讲,烧完纸后可以留意灰烬的形状,如果他们开心,便会留下些线索。往年烧纸,灰烬要么被风吹散,要么就是普通的一团漆黑,实在瞧不出什么端倪。我只好自我安慰,爷爷在世时,我们相处的时间不多,彼此有些陌生也是正常的。

今年给爷爷烧完纸，我们蹲在路边，等着火焰慢慢燃尽。暗黄的路灯下，灰烬在晚风中缓缓卷成古怪的形状，我一时间怔住了，膝盖一软，坐在地上，鸡皮疙瘩顿起。

朋友瞅了瞅，说："你这形状像一个杯子啊。"

真的像一个葫芦形状的杯子。

我清楚地记得那个玻璃杯，爷爷生前每顿饭都要用它喝上一小杯白酒。以前每年春节去他家，他话不多，我们很难聊上几句。那时我年纪小，总会追着他问："爷爷，爷爷，杯子里是什么呀？"他笑着说："大人喝的雪碧，你想不想尝尝？"说着便用筷子往杯子里蘸了点白酒递给我。我大口含住筷子，呸，辣嗓，眼睛眉毛都皱成了一团。但我知道他爱喝，便强装镇定地说："还行吧。"

从那以后，每次去他家，我都会向他讨一筷子白酒，就这样，我们为数不多的交流，都凝聚在这一筷子上。

他留给我的记忆实在太少，除了那个葫芦形状的玻璃杯，就只剩下那件军大衣了。大概是春节的缘故，记忆里有他出现的画面，他都披着那件厚重的军大衣，袖口磨出的毛边，仿佛将他永远困在了那些寒冷的冬天里。

爷爷走的那年，我们刚经历汶川地震，教学楼的天花板裂了好多口子，还在修缮中，学校让我们在家复习，备战高考。一日，爸爸打来电话，让我去医院看看爷爷。我骑车赶到就近的医院，见到他时，他深陷在惨白的床单里，原本一米八的个子瘦成枯枝，身上插满了管子，旁边那个叫监护仪的东西滴滴作响，整个场景就像在进行一场生物实验。

他说不出话，眼睛始终闭着，看上去疲惫不堪。一旁的大人们不停地哀求："孙子来了，孙子来了，你睁眼看看啊。"

记忆很深刻，那晚我离开医院回到家时，不知为何，把家里所有灯都打开了。就在这时，电话响了，爸说，爷爷见过我之后，才断了气。

送走爷爷后，爸爸倒在客厅沙发上，很快鼾声响起，他终于肯睡下了。我窝在房间里，也浅浅睡了个午觉。睡梦中，我突然惊醒，手脚动弹不得，迷迷糊糊感觉身边站着一个穿着军大衣的人，却怎么也看不清脸。但我并不害怕，反而觉得像是被温柔地抱住了。这种体验，到现在为止也就只有这么一次。

我才不认为这是梦，或者是被美化后的记忆。

想起前阵子看到的一段短视频，新娘正在婚礼上说着誓词，忽而飞来一只蝴蝶，围着她盘旋了几圈后，停在了她的头纱上，久久不愿飞走，新娘顿时泣不成声。

她父亲生前曾说，一定会看着她结婚。或许，她父亲并未食言。

　　人生充满了遗憾，我和爷爷没能有更多机会一起创造回忆，感情确实不算深厚。但说来也奇妙，十八岁之后的我，虽然该碰的壁一处都没少碰，可最后总能走在一条很幸福很幸福的路上。想必已经化作宇宙间神秘能量的他，在默默关照着我。

　　倘若科学无法解释一切，那就把它交给爱吧。

回忆装订成册

有一年冬天，我在国外旅行时买了只公仔。它模样丑萌，据设计者说，其形象取材于当地传说中的地精，据说它的出现能带来晴天。于是信奉玄学至上的我，只要出远门就会带着它，从此它成了我固定的旅行搭子。或许是一种奇妙的吸引力，几乎有它在的行程都能遇见好天气，甚至有时碰上阵雨，才惊觉将它落在了酒店。

旅行中我喜欢给各种小玩物拍照，太爱它，便以它为模特拍了许多照片。

某次恰好看到一家可以做实体画册的印刷机构，便以它的照片为封面，定制了一本旅行画册。半个月后收到货，硬壳蝴蝶装的设计，印刷十分精美，泛着铜版纸特有的油墨香。与书籍打交道多年，我对书自有一套评判标准。这本画册的品质，几乎能媲美纪念品商店里售卖的那种，当然，这很大程度上得益于上传者的摄影技术和排版审美（对，这里主要是夸一下自己)。

画册内页的排版和照片都得自己筛选,还能在上面编辑文案。我按照行程顺序将照片分类排好,把喜欢的餐厅和印象深刻的地标特地标记出来,就像在打造一本专属自己的独家杂志。翻开画册时,与回忆对坐在餐桌上,桌上摆着精致的杯盏,我们在点着蜡烛的夜晚聊了好漫长的天。

小时候,我翻阅过无数次实体相册,那时还不懂相纸承载的温度。后来,一切回忆都被手机屏幕吞食,我们都忘了原来照片是可以触摸的,而不是只能藏在屏幕里。在我们习惯用手机收纳整个世界后,总还是需要一些笨重的、会落灰的、无法云端备份的物件,来证明某段时光真真切切在掌心停留过。

春天时带妈妈一起旅行。我们看了樱花,在山顶见到了尚未消融的积雪,泡了露天温泉,还在公园划了船。我把这几日仿若历经四季的照片,制作成了一本画册送给她。

画册的最后一页,是请路人帮我们在落日的霞光前拍摄的一张合影。我们身后是一棵满开的樱花树,我搂着妈妈,两个人都笑得格外开朗,两张暖洋洋的脸像是永不落山的太阳。

妈妈把画册拿给外公外婆看,他们终于不用再在狭小的手机屏幕上努力捕捉孩子们的生活细节。其实以往发给他们的很多照片，以他们的眼力，根本看不清楚。外婆翻着跨页上的横幅樱花树照片笑着感叹，这一辈子最远就到过省城，但梦里好像见过樱花，和照片上的一样。

如今，这些樱花与日光，终于以另一种形式，落入了她眼角的皱纹里。

我在那张照片旁写了一行字，作为画册的结尾：

"我们的心愿是健康平安，自由自在，多看这个世界，每天都有阳光洒在身上，和这一刻一样。"

地球 online[1]

我有一个习惯，如果去过一个很喜欢的城市，我会在手机的天气列表里保留那个城市。这样尽管日常的生活地图有限，但每次查看今日天气时，便能知晓此刻上海正处于多云；成都的气温已经提前闯入盛夏；雷克雅未克则是大晴天，我能想象如果站在大教堂顶上俯瞰，阳光定会将街道上那些色彩斑斓的房子晒成饱和度满格的积木。

基督城今日有雨，不知那雨丝是否缠住了雅芳河的游船。瓦纳卡小镇的最低气温只有五摄氏度，若湖水退潮，那棵水中孤树的根须会如冻僵的指节般裸露，它会冷吗？巴黎局部多云，在我看来，巴黎的天空要是仅仅一片纯蓝反倒失了趣味，若有云朵飘浮，那云絮便如晚霞的画布，落日时分必定美得不像样。

---

1 网络用词，多指现实生活，被形象地比喻为大型多人在线角色扮演游戏。

尼斯此刻二十三摄氏度的微风，正轻轻掀起薄衬衫的衣角，阳光不烈，太适合在镇上闲晃了。东京一夜之间温度骤降十摄氏度，也不知这会不会影响即将盛开的紫阳花。曼谷则永远显示着滚烫的太阳图标，点开时，那七彩日晕仿佛能烫着眼皮，赤道的热浪似乎隔着屏幕扑面而来。

除此之外，列表里还躺着几个我尚未涉足的地方：一年中晴天占多数的巴塞罗那永远在撩拨我，只要有阳光，用胶片滤镜拍出的照片肯定会很好看；在南极大陆上，会不会又有一只离群的小企鹅，正独自向内陆蹒跚而去呢；南非的动物大迁徙踏起烟尘，定能让人感动到落泪……多想一想，愿力是世界上最坚韧的缆绳，万一有一天就拽我过去了呢。

这是我私人的"地球online"游戏，那些已经点亮的城市地图，或许我会在某天重访，如果没有，回忆也会替我静静守望。而那些尚未对我开放的新地图，请等等我这个正在努力打怪提升经验值的VIP（会员）玩家。

移动咖啡馆

镰仓的六月,空气中总弥漫着淡淡的海盐气息。在前往长谷寺的路上,我偶然遇见一辆社区咖啡车。

那是一家由老式车改装而成的移动咖啡馆,不足三平方米的车内空间,满满当当装着各种专业的咖啡工具。打理这家咖啡馆的,是一对年迈的夫妇。

为我制作咖啡的老爷爷,颤颤巍巍地举着铜壶,他手背上松弛的皮肤,宛如古树那一圈圈的年轮。水流从壶嘴倾泻而出,精准地在冲滤杯上画出优美的螺旋。随后,他从身后的小冰格里拿出一袋冰块,用镊子小心翼翼地挑选,碎冰屑会破坏口感,必须选棱角分明的正六面体,像是在选矿石,用来打造自己的作品。

老奶奶则始终静静地站在车旁,就像这场咖啡制作仪式里那无声却不可或缺的和弦。

我还记得那杯性价比极高的日式深烘,浓郁焦香充斥着口腔，余韵持久。

末了，老爷爷取出一本封皮卷角的手账，每一页都标注着日期，上面用"正"字认真记录着每日卖出的杯数，旁边还细心标记着每一杯所使用的豆子品类。

老爷爷告诉我，他已经这样记录十年了。那些"正"字的笔画里，藏着悠悠的时光，见证着每一杯咖啡的诞生，让人不禁心生敬意。

道别时，老奶奶温柔地鞠躬。我举着咖啡杯拍照，只见背景的隔壁庭院里，紫阳花争相盛开。

两年后，我再次来到这里。

咖啡小车前多了一些书，桌上还贴心地摆放着中文咖啡单。车顶上增添了一排布艺手工小猫头鹰，它们在风中轻轻晃动，与客人点头示意。

附近的邻居和熟客们，围坐在咖啡车两旁的长凳上，与老奶奶聊着天。老爷爷依旧颤颤巍巍地拿着他的铜壶，骄傲地画着那熟悉的螺旋。

当整个世界都沉迷于即时满足时，有些人却偏偏选择在慢镜头里，享受一种名为永恒的美好。那些经过精挑细选的完整冰块、精心记录了十多年的手账本、缝补了半个世纪的围裙褶痕，都是对抗速朽的温柔起义。

认真的人都好可爱。

以后,要将更多的心力寄托于喜好的事物上,它们永远不会辜负你。

群体浪漫时刻

这个时代像被飓风肆虐后的积木之城,每个人都在用各自的碎片搭建永无岛,人与人之间的距离隔着重洋,算法编织的茧房愈发致密,以至于很难再出现一个能让所有人趋之若鹜的事物。回想起从前,所有人都怀揣着一种闪着光的期待,谈论着同一样东西,就连小卖部里汽水冒出的泡泡,都仿佛带着相同的欢喜。

正因如此,我对群体的浪漫时刻愈发珍惜。

年后回到北京,好不容易抢到电影博物馆《哪吒2》的IMAX[1]电影票。放映厅里座无虚席,不少家长带着孩子,原以为会嘈杂喧闹,可电影开场后,全场瞬间安静下来。电影幕布的光芒将每个人的面孔打亮,那种集体的共振仿佛蕴含

---

1 超大银幕技术,通过使用特殊的摄影机、投影机、屏幕,提供更震撼、更逼真的观影体验。

着无形的能量，恰似一片轻柔的羽毛，在心口轻轻撩拨。

当情节推进到哪吒的妈妈离世时，放映厅内哭声此起彼伏；六臂哪吒与敖丙携手御敌时，又有人激动地尖叫鼓掌。散场时，感应灯逐排亮起，映照出无数神情恍惚的面容，大家都有一种如梦初醒的恍然，仿佛刚从某个充满共情的结界中抽离，衣袖上还沾着荧幕那头投来的粒子。

我始终怀念那年在香港看JJ（林俊杰）演唱会的情景。至今，那场倾盆大雨仍历历在目。当JJ唱起《黑夜问白天》时，宿命般的雷声在云端轰然炸裂。我的雨衣紧贴着T恤，雨水顺着往下流淌，刘海被淋得结成一缕缕墨色海藻。我向来厌恶衣服被打湿后那种汗津津的不适，然而那一刻，JJ同样被淋得狼狈，却还故意往雨幕中钻。就在追光灯劈开雨幕的瞬间，前排的男孩猛地甩掉雨衣，仰头放声合唱。如同第一块多米诺骨牌被推倒，许多人纷纷甩掉碍事的雨衣，一同融入这场大雨。

这才是演唱会的魅力啊。成千上万个陌生人，手持星星点点的灯牌，共享着同一种频率。在这三个小时里，我们暂时抛却社会身份，任由暴雨洗礼，尽情投入这份源自内心的原始冲动之中。原来，孤独不过是人类最大的错觉，有那么多人，都曾被相同的歌词与旋律托举，而此刻，因为这份羁绊，我们共同在场。

散场时，走在我前方的女孩正与朋友打着视频电话，她兴奋地喊："我和JJ一起淋过同一场雨！"

可爱的是，她雨衣的帽兜里还蓄着一摊晃动的水洼，像是一处小小的许愿池。

我摘下一抹月光，轻轻投入其中。

去月球

《头脑特工队》是我逢看必哭的电影。

冰棒与乐乐不慎跌落进遗忘山谷，他们哼着熟悉的曲调，启动了那辆老旧的飞行小车。然而，小车却承载不住两人的重量，一次次尝试，又一次次失败。终于，在最后一次，两人扯着嗓子大声唱着主人莱丽喜爱的儿歌，小车奋力冲到半空中，拖出的彩虹尾巴里，飘洒着所有被时间磨碎的童年。这时，冰棒选择在途中跳了下来，让小车载着乐乐独自登上悬崖。冰棒消失前，眼含期待地对乐乐说："你替我带她去月球，可以吗？"

就这一段，我无法直视，都不用完整看一遍电影，有人在看，我瞅几眼，眼眶就会自动蓄洪，屡试不爽。消失的冰棒，就像我们小时候很多美好的回忆，随着成长渐渐褪色，风化成尘，一旦忘却，便永远难以想起。

我妈兴许是看过我在公开场合多次提及这部电影,有次在电话里说:"我也看了,而且你们都叫乐乐哟。"我笑她的重点放错了地方,问她:"冰棒消失那段你感动吗?"她说:"还可以,片子最后很感动。"接着,她话锋一转,问我:"都没问过你,'乐乐'这个小名你喜不喜欢,当时只是因为你生下来喜欢笑,就这么叫了,后来发现好多猫啊狗的也叫这个名字,你会不会觉得有点随便了?"

我笑着回应她:"挺好的啊,我还要靠乐乐带我去月球呢。"

她肯定听得似懂非懂,很快就转移到别的话题上了。我们之间的对话,向来如此跳跃。

今年,我和朋友约好,春天一起带妈妈去旅行。行程结束,在分别前的最后一顿晚餐时,朋友假装闹肚子,实则偷偷跑去街上买了一块蛋糕。那时恰好是我的生日月,再过几天就是我的生日了。

大学毕业离开成都后,妈妈就没再陪我过过生日。我十几年北漂的前半段,年轻气盛,在意生日气氛,有人围绕;后半段,渐渐求得清闲,不爱操办这些,每年生日基本都在直播,与读者们一同度过。

我都没意识到,为我唱生日歌的人里,看着我许愿吹蜡烛的人里,很久没有出现妈妈了。在我独自成长的过程中,她被迫渐渐淡出了我的世界。

带着百分之二十的尴尬和百分之八十的感动，我和妈妈举着蛋糕合了影，一起吹灭蜡烛时，像回到记忆失焦的小时候。

想起前阵子流行 AI 算命，我在有爸妈的三人群里问他们我的出生时间，我爸纠结于当年的夏令时，算不清时辰，妈妈迅速发来精确到分的时间，直截了当地说："儿子，听我的。"

妈妈对孩子相关的一切都刻骨铭心，但她们对自己总是草率，习惯性将人生一分为二：与孩子在一起的日子；其他普通的日子。

回到住处，妈妈收拾着回成都的行李，短暂相聚后，又要面临离别。她塞给我一袋礼物，让我拆开，说是特意带来的。我打开包装，瞬间身子像过了电，喉咙里热气上涌。

那是一个小小的树脂手办，乐乐和冰棒一起坐在彩虹小车上，正从遗忘山谷谷底奋力向上飞。

我当时忍住没哭，写下这些文字的时候，泪水却忍不住泛了上来。还记得妈妈轻描淡写地说，在淘宝上选着衣服呢，就看到推荐里蹦出来这个。

她知道，即便我长大了，还是喜欢玩具。

她一定默默搜索过关于我的一切。我仿佛能看见无数个深夜，在由智能推荐算法交织成的记忆迷宫里，她固执地寻觅着出路。她如此执着,只为打捞起那些她认为曾被自己忽视的、孩子灵魂深处的彩虹碎片。

妈妈为我定格了这个瞬间,保护着我所有的"小时候"。那些看似消失的快乐时光所激发出来的想象力,让我成为今天的我。

我跌落谷底的冰棒,妈妈早已带它一起去过月球。

弃局

飞机上没有网络的时候,我常做的事是整理照片。

近两年的照片里,人物出现得愈发少,风景却拍了许多,一花一木皆入镜,单是月亮,就已经拍了几百张之多。我的相册,更多扮演着日记和灵感素材库的角色,那些像素堆砌的碎片比大脑诚实,它不美化过去,不篡改时间,只是安静地陈列着某一刻的自己。

回看照片,还好快门敢对岁月说真话,很多重要时刻都被记录了下来,所以我告诉自己,爱拍,多拍。

到了人生的某一个阶段,能真正做到"活在当下",或许是因为深知有一些时刻,它们已经是最美好的了,不会再有了。

相册里有一段冬天拍的视频。那段时间在写电影剧本,几稿下来意志被消磨,写得烦闷,与朋友相约驱车去温榆河公园放空。

零下的温度,河面早已结冰,我们沿着河边漫步,冷风毫不客气扇着耳光。朋友也不多话,甘愿耗着耐心陪我走。尽管我知道他工作上也碰了壁,两个被生活腌渍过的人,连沉默都带着咸味。

走了一段路后,忽然听到河面传来清脆的"叮叮"声。起初,我以为是对岸有人在摆弄什么发声乐器,接连又听到几次,才分辨出是有人往冰面上丢石子,石子在冰面上几次弹跳,与冰面碰撞出一段悦耳的即兴曲。

我们走到河边,也捡起几块石子,加入了这场特别的演奏,心情瞬间好了大半。我俩就像日剧中那种有事没事就会去追逐太阳的文艺青年,逆着夕阳,将烦恼抛洒了许久,还为对方拍下照片和视频作为记录。

他说:"上班时间在这里丢石头,真的挺癫的。"我想了想,说:"癫就癫吧,写剧本好难,感觉都写出了班味。"

大自然多好啊,会给人充电,人类社会只想着把人吸干。

那些成功学的论调都说,即使手握烂牌,也要死皮赖脸地留在牌桌上,要努力啊,要加油啊。可是仔细想想,打牌这件事,难道不都是那些拿着一把好牌的人最热衷参与吗?倘若我们这些陪玩的人主动离桌,又会怎样呢?

这场游戏会结束吗?留给我们的时间不多了。

烂在梦里

凌晨五点，我被噩梦掐醒，喉咙里还哽着学生时代未曾咽下的辩解。

梦里回到了学校，那场景无比具象，仿佛都能听见头顶日光灯发出的嗡嗡声响。同桌的窃笑声刺得我耳膜生疼，我知道是他藏起了我的课本，并非我忘带。

我用尽全力向老师解释，可老师依旧选择站在我的对立面。

梦里的我，拥有三十岁的智慧与口才，自认为应该说得很明白了。但身体却背叛我，不住地发抖，最后还是不争气地哭了。

我不想哭的，尤其是在那么多审视的目光下，显得只有我最局促。

醒来后甚至反胃，最可怕的并非梦里的那些细节，而是这么多年过去，我依旧没能走出学生时代的阴霾。

带着一丝窘迫与委屈，我拉开窗帘，一只喜鹊正站在窗台理羽。我家住在二十二层，它停留了许久才飞走。

神奇的是，它离开时，尾翎扫过玻璃，掉下一片绒羽，就那么安静地落在几厘米宽的窗台上。

像是在提醒我，烂人烂事，烂在梦里。

解忧二手店

作为"旧的不去,新的不来"的积极践行者,我当然有自己的二手平台交易账号。不过我的二手店铺堪称赛博鬼市,有做完衣服剩下的边角料、木雕陶土摆件、杯盘、做过笔记的旧书、各种水晶矿石,还有迪士尼绝版公仔……系统算法估计以为我开的是解忧杂货铺,主打一个随缘,所以流量不太好,到现在也没做成几单生意。

难得有人来询问。在卖公仔的页面,买家亲切地叫我"姐妹";在茶席的页面,又有人喊我"大哥"。我也懒得纠正,一一应着。目前为止最温柔版本的我,都呈现在我的二手平台上了,对待买家比对待自己还热情。

有次朋友来我家,上一秒我还在滔滔不绝地聊我正在写的电影剧本,下一秒收到了买家消息,终于卖出去一个屋久杉木雕摆件。我和朋友说等我一下,然后当场拿出泡沫纸认真包起货来。

朋友目瞪口呆，饶有兴致地帮我算账。包邮的邮费一扣，一共倒贴四十二元，还搭进去半卷手纸做填充物。

朋友被我感动了，连夜下单买走了我发布很久的紫水晶聚宝盆。

行吧，商业模式最后还是靠友情闭环了。

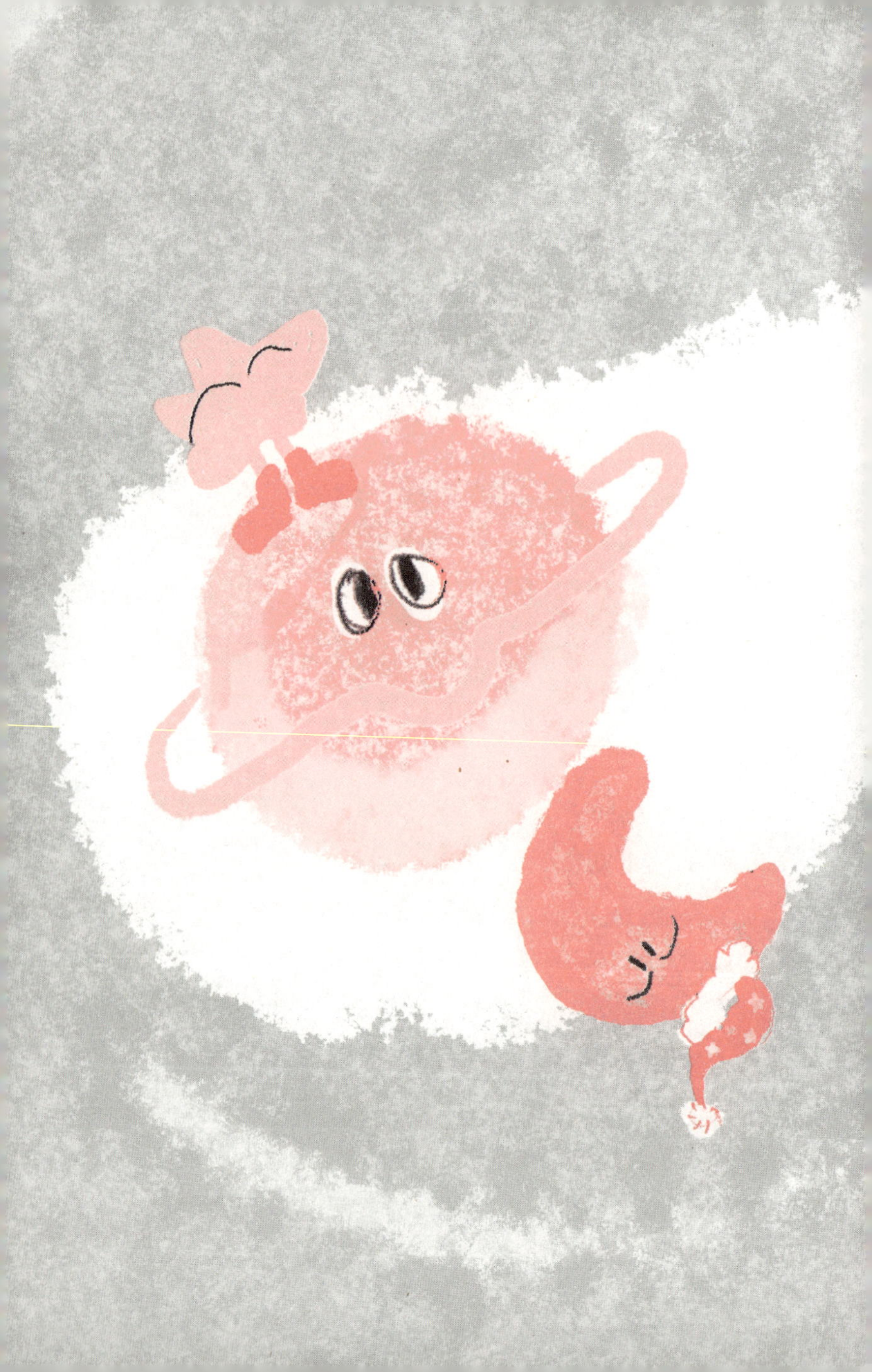

不装了

花里胡哨的死物，比大多数人类都有灵魂。

书桌上

我写东西的时候有个癖好,手欠,一定要时不时地捣鼓点什么。

所以我的书桌上摆满了各种东西:陶瓷摆件、盲盒公仔、核桃、可以捏的叫不出名字的发泄玩具、纸片做的晃来晃去的怪东西、扭扭棒、公园里捡来的被我涂鸦过的石头、各种笔、字迹潦草的本子,还有提神的精油。

它们不厌其烦地给我提供情绪价值,没有一点脾气,永远保持可爱。

花里胡哨的死物,比大多数人类都有灵魂。

蝴蝶飞了-整天

　　看到一则图文信息,那个当初火爆网络,写下"世界那么大,我要去看看"辞职信的老师,如今已回归家庭生活。她每天凌晨四点起床直播,住着租来的房子,车子和衣服不求名牌,只求自在,同样囿于柴米油盐之事。

　　结局看上去挺不酷的,好像兜兜转转又回到原点。

　　这些年,我也经历过或大或小回到原点的事。小说改编影视项目,开了漫长的项目会,剧本反复修改数次,眼看就要进入下一个阶段,却突然毫无预兆地停摆了。疫情期间画的那些油画,花了两年时间,在许多城市举办巡回展览,看似整个流程已然成熟,易于复制,但还是出于各种原因受阻,找不到场地,也没有经费继续推进。哪怕精简所有装置,仅仅把原画挂出去,想让更多喜欢我的人看到,都难以实现。

　　一同回到原点的,还有画画的冲动。

现在鲜少动笔，笨重的画架摆在书房，明显占地方。趁着假期收拾屋子，我假装看不到，多次绕过它，最后还是把它挪进了仓库。收拾颜料车时，发现丙烯颜料已经结块。当初心潮澎湃地买回这些大罐颜料，怎么也想不到几年后，它们变得硬邦邦，原因并非前一晚画得太投入忘记拧上盖子，而是已经很久没有打开过。

绘画的灵感，仿佛仙女棒在我头上轻轻一点，让我穿着水晶鞋在别人的宫殿里尽情跳舞，然而时间一到，创作的欲望便被收回。

还好自己是个生命的体验派，可以冷静接受所有获得和失去。

很想知道，那个看过世界的老师，倘若某个夜晚忽然梦醒，她会想到些什么呢。那则信息下面，点赞数最高的评论，写了这样一句话：看过了大海的她和从未看过大海的她，又怎会是同一个她呢。

蝴蝶扇动翅膀，能在地球另一端引发一场猛烈的龙卷风，故事的最后，它回到茧壳，翅膀上沾满了所有陆地上灿烂的花粉。

我们都会回到原点的，回来的时候，记得为自己细数风景。

小孩

与朋友们在雁栖湖爬山,爬至半山腰,我们坐在凉亭里休息。旁边是一群来春游的人类幼崽,操着奶音围着他们的老师跑啊跳的。他们应是要下山了,老师们蹲着给每个孩子扣紧水壶盖、整理小书包上的褶皱,言语中满是爱意,动作温柔得像在给蒲公英系上降落伞。

领头的老师喊:"小朋友们,我们出发啦!"孩子们便背上彩色书包,像小火车一样连成一串,迈着摇摇晃晃的步子,一个接一个地下山。

我突然站起来,对朋友们喊道:"这边的小朋友,我们也要出发啦!"

朋友们会意,笑着用夹子音应和:"好——啊——"

我们大笑出声。走在末尾的几个老师听见,回头看了看我们,也跟着笑了。

山风掠过树梢时忽然顿悟，因为有时间的存在，所以"孩子"和"大人"是画在人类身上的标尺，或许成熟只是因为我们眼、耳、鼻、舌、身、意接受了足够多的信息，外表的衰老也不过是浸泡在氧气中和阳光下的一种变质。如果抛开这些标尺，我们的"小孩"状态，是一直存在的。

只要你愿意，上山的路上，内在的小孩永远会跑出来帮你接收爱意。

我的旅行中非常重要的一环是早餐，尤其去欧洲，时差作祟，胃总比眼睛先苏醒。这时，若能有一杯咖啡，再配上松软的班尼迪克蛋和法式吐司，用刀叉轻轻划开水波蛋，让其中的金黄蛋液流出，如此，才算真正按下新一天的启动键。

与两个不睡懒觉的朋友约好，我们驱车半个小时，穿梭在七拐八绕的石板路上，去寻觅某家网红餐厅。这家餐厅的独特之处在于，室内外都被绿植所覆盖，铸铁花架上垂落着常春藤，木桌椅的缝隙间钻出三叶草，临街的座位犹如剧院包厢一般，正对着街道。终于不必与熟悉的朋友对坐寒暄，太适合晨起放空发呆了。

我们默契地戴上墨镜，将自己舒展开，像三块尽情吸收阳光的海绵，假期的氛围感瞬间拉满。

班尼迪克蛋、沙拉、牛油果大虾烤吐司，服务生笑意盈盈地端上我们点的推荐菜品，每一道卖相都极佳，自然是手机先"吃"。我们三个"嗨点"[1]极低的人连连惊叹，尤其是碰上擅长互相给予情绪价值的朋友，拍完菜品，还不忘和菜一起合影留念。

我举起手机，我们三个人自拍，回看照片时，发现旁边的白人大叔也入了镜。只见他正手持炭笔，在速写本上作画，我这才惊觉刚刚是不是太吵了，赶忙示意朋友们调成静音模式，毕竟出门在外，国人的素质得靠自己来保持。

我忍不住偷偷打量了那大叔几眼。亚麻衬衫熨得笔挺，似乎能割开阳光，米白长裤搭配雕花皮鞋，活脱脱像是从伍迪·艾伦的电影里走出来的老派绅士。偏偏那沓画纸泄露了秘密，咖啡渍正沿着纸缘攻城略地，他落下的每一笔都郑重得像在签署协议，然而袖口银扣却沾着半干的颜料，这种矛盾的美感比任何画作都动人。

享受这般如同按下慢放键的时刻，云层游走投下的阴影在桌面上匀速流转，看着光斑从古着店的铜招牌缓缓滑向花店的遮阳篷，柏油路上，遛狗的夫妇与骑单车的少男少女交替经过。

闲适的时光最适合胡思乱想，我们其实不需要多少东

---

[1] 指让人情绪高涨的瞬间。

西，拥有此刻这样的瞬间足矣，一杯咖啡，一盘美食，一个多云的早晨。又或者像邻座的大叔，笔尖沙沙作响，能保持宁静是一种能力，他坐在哪里，哪里就好孤独，但是孤独的位置，盛开出了花。

一个多小时后，群里来了消息，赖床的同伴们醒了，问我们在哪儿。我好得意，偷了一个无比完美的早晨。结完账，忽起妖风，掀翻了桌面的纸巾和垫纸。服务生笑着捡起纸巾说："这风是巴黎送给你们的。"

离开前，邻座大叔向我们招了招手，他撕下速写纸的动作像扯下一片云，纸上画的竟是我们三个人对着街道发呆的模样，背景里流动的街道被简化成铅笔勾勒出的涟漪。

好久没见过如此可爱的我们了。

唯一的遗憾是，大叔送我们的那张速写纸，被朋友弄丢了。说来实在好笑，当时他嫌弃我们没收拾，还自告奋勇说自己是J人[1]，结果就因为太爱收拾，最后那张速写纸和用完的旅行计划表放在一起，都被妥帖地扔进了酒店垃圾桶里。而且我们当时居然谁都没有用手机翻拍那幅画。

神奇的是，写起这段早晨，那幅画在记忆中的样子，竟比当时肉眼看到的它更加生动了。

---

[1] 源于 MBTI 人格测试，有条理、严谨的人。

乐行者

　　我租了间小仓库,把几十幅油画还有过去几年读者送的礼物和信件都搬了进去。原本展示我收藏的房间终于不再是仓库,奖杯在木架上列队敬礼,盲盒大军整齐排列在收纳架山头,乐高展示柜的顶灯重新亮起。抹布轻轻拂过每一处展示架,积灰扑簌簌地坠落,恰似一场小雨。

　　房间终于恢复成我想象中的秘密乐园。

　　撕开角落杂物箱的封箱胶带时,一摞CD(音乐光盘)突然从泡沫纸里探出头来——全是林俊杰的专辑。有几张的封套已经开裂,塑封膜上还沾着南方木柜的霉斑。当年从老家搜罗出这箱收藏时,我曾幻想在北京家中打造专属陈列柜,可北漂这十几年,历经四次搬家,这些专辑始终蜷缩在纸箱里。封箱胶带在一次次搬运中破裂,又被贴上一层新的,从未被真正打开过。

　　这一回,我在展示柜腾出一处空间,将专辑一一摆放展示。打灯的瞬间,青春像是被开了箱。

想起有一年去台北,那时JJ的《伟大的渺小》还未发行,有幸去他的工作室"圣所"参观,晚上还与记者们一起抢先听了整张新专辑。JJ被众人围在中间,头上一盏云朵状的艺术吊灯低垂,不时闪烁出雷雨云般的灯效。我缩在门边的高凳上,看他的指尖在膝盖上打着节拍,能感受到他播放每一首歌时的小心翼翼,也读懂了他眼神中对记者和乐评人的期待。创作者剖白心事的瞬间,连呼吸都像是在走钢丝。

那首《黑夜问白天》听得我太痛。听他描述,做这张专辑时状态并不好,那盏云朵灯就像一团乌云,映照出他彼时的心情。很多人以为偶像总是笑着营业,就习惯默认他们理应是永远快乐的,但撕开创作者的真面目,心事满腹。

那次台北之行还有个插曲,与JJ吃了一次晚餐。那时的我年纪尚轻,还拉着同行的经纪人一起去,现在想来真是不懂事,蹭饭蹭得特别不拿自己当外人。

席间我经纪人聊起陈年旧事。早年她还在音乐网站工作时,带过JJ的通告。那时JJ刚出道,带着专辑来杭州办签售会。场地在杭州一家KTV,不大的中庭区域挤满了人,水晶吊灯晃得人睁不开眼。签售结束后,眼看就要赶不上下一个约好的通告,结果KTV的一众老板还拦住他们的去路,态度强硬地要与JJ合影。五十多个老板一字排开,不单独合影完,就不派车。

眼看场面越发失控,我经纪人原地发疯,脑子一热做了个此生最热血的举动——拉着JJ和他的随行人员逃到路边,拦出租车。

没想到路边还围着未散去的歌迷,JJ的突然出现,就像从动物园里逃出来的动物幼崽。好不容易打上一辆出租车,歌迷的力量几乎要把车掀翻。司机没见过这阵仗,吓得不敢动,我经纪人怒喊:"大哥你就开!"说着上手就要抢方向盘。司机一激灵,猛踩油门,车灯劈开暮色,如同摩西手杖划开红海,人群在引擎嘶吼中自动裂出通道。后视镜里无数手机闪光灯追捕而来,恍若法老追兵的箭雨。

终于离开是非地,我经纪人在前座后怕得哭了起来,JJ却在后面傻笑道:"好刺激哟。"

我经纪人原本以为工作要丢了,可JJ团队全然没有责怪她的意思,甚至更加配合音乐网站的通告。故事的最后,我经纪人顺利留了下来,这段经历也成了她初出茅庐时浓墨重彩的一笔。她说,以后谁都不许忤逆林俊杰。

再讲起这段旧事,她越发觉得羞耻。令人感动的是,JJ竟然还记得,而且仍像十几年前一样,挤着招牌酒窝笑道:"好刺激哟。"

他记得很多事,和我们讲刚出道时的窘迫、做专辑的趣事,甚至细碎到这家他常来的餐厅哪道菜最好吃……他热情地叙述着,与这些年在电视和新闻里看到的他无异,能量充沛。其实他完全可以不用活跃席间的气氛,早点回去打电动,多写几首歌,不必与我们分享这些。

我们在"圣所"门口道别,自动门吞吐着台北的夜风,看着他离开的背影,感觉很不真实。

写下这段经历,也像是一场梦。

其实这段回忆如同一颗水晶球,一直被我珍藏在心里,很少与人提及。偶尔想起,就独自扬起水晶球中漫天的亮片,回溯那次台北的旅行。这二十年来,我习惯了听他的音乐,年少时在论坛"灌水",写长篇大论的乐评,恨不得让全世界都知道。长大成为作家后,不想被人觉得是在蹭热度,很少在公开场合表达对他的欣赏,但总会把他的歌写进书里。占据我青春最多版面的人,怎么可能忍住不提及呢。

他出道二十周年时,出版了一本书。巧合的是,出版方是我的前公司,甚至编辑都是同一人。编辑很贴心,第一时间给我寄来他的签名书,翻开扉页,上面写着"给皓宸"。捧着书,看着熟悉的签名,想起青春时蹲在酒店等他下班,这行为放在现在看就是"私生饭"[1],可他还是笑意盈盈,给我好几张专辑都签上了名。

---

[1] 为满足私欲,不惜骚扰自己喜欢的明星,影响他们私生活的人。

那时我十五六岁，见到他时心跳得很快，不合身的衣服下摆被我攥出褶皱。

如果他这本书早一两年出版，说不定我们就可以有更多交集。但又有些害怕交集，能有个喜欢的偶像，已经是件很了不起的事，与他们最好的距离或许就是保持距离。只要曾有某一个音符，轻轻共振过某个少年的心跳，便抵得过所有盛大却易碎的靠近。

以上的这些文字，我写了又删，字斟句酌，害怕哪里表述不当，对他造成困扰，也不想自己掉进舆论里。定稿前，还是决定将我珍藏的水晶球放进这本书里。

JJ出道二十周年出的那本书，他坦诚得如同交出了自己的日记。创作者用作品表达，很多心事和自我藏在音符和歌词背后，虚构还是真实，由听者选择。但站出来叙述自己，是需要勇气的。他会害怕歌迷失望，细腻又敏感，像个需要回应的小孩。

如果那么多陌生人的温暖都值得书写，那这个与我牵扯二十多年的声音，怎么能不被铅字印刷记录。

这是被他的音乐充满电的我，能给予的最好回馈。

后乐园

东京有个地方颇为奇妙,它的站名叫作"后乐园"。

记得第一次听闻这个梦幻般的名字,还是上初中的时候,飞儿乐团专辑里有一首同名歌曲。可能因为那首歌前奏的苏格兰风笛效果太深邃,以至于我对这个名字有一层关于爱情本该苍凉的童年滤镜。后来创作《你是宇宙安排的邂逅》这本书时,其中有一篇讲述两个女生在生命与情感历程中探索的故事,我也用了这个名字,寓意为后来我们终将抵达的乐园。

在东京地铁线上偶然看到"后乐园"的站名,当即决定专程去看看。出站后步行几百米,便来到一处大型商场。巨大的过山车从头顶呼啸而过,下沉广场上的旋转木马转出彩虹般的光圈,二层休息区外,"激流勇进"的小车直冲而下,溅起水花。这才惊觉,原来名为"后乐园",真的是一处建在钢筋森林中的乐园。

商场中多是年轻面孔，背着动漫"痛包[1]"，三五成群。我买了瓶啤酒坐在下沉广场的台阶上，秋日暖阳晒得人软绵绵的。头上不时传来尖叫声，商场自动门打开后偶尔传出电子乐声，微风轻抚刘海，我摘下帽子，将头发向后梳，露出额头。那一刻，身心都得到了极大放松，美好得仿佛误入了一处永不散场的青春副本。

查询得知，附近步行二十分钟路程处有一个小石川植物园。进入园区后，发现它比我想象中要大很多，没什么人工维护的刻意痕迹。沿路有许多高大树木，每一棵形态都不重复，一路踩着落叶，朝更深的秋天走去。庭园水景、红叶隧道，美得让人失语。如果要用"小××"来比喻，这里就像是东京小"九寨沟"，重点是游客稀少。

从我进门起，就注意到游客中有一对中东情侣，请了专业摄影师为他们拍照。他们在各种叫不出名字的树木与风景前乐此不疲地摆着姿势。我从他们身旁经过，停在水池边，找了一处长椅坐下休息。

此时是下午三点，我取出在路上买好的司康与咖啡，开始享受一个人的下午茶。

---

[1] 网络流行语，是指挂满徽章和玩偶等周边的包包。

我很喜欢在这样的地方吃东西，没有外界的打扰，可以认真用眼睛感受景致。水面被风吹起的层层涟漪，落叶掉落在地上打着圈的走向，麻雀叼走老人抛出的面包屑后，用尾羽向他表示感谢。我观察着每一个出现在肉眼取景框中的行人，想象他们聊天的内容。时间在放肆地流浪着，关于人生意义这件事，有了非常具象的幸福标准。

没过多久，我再次看到了那对中东情侣，他们出现在我正前方的一棵树下，甜蜜地摆拍着。突然，女生惊讶地叫出声来。只见男生缓缓跪地，掏出戒指。

四下没有其他游客，这场景就像是老天为我安排的专属节目。

摄影师在一旁记录着，我瞬间"脑补"出男生为准备这场求婚，在幕后所经历的一整段情节：他得串通好摄影师，或许还要说服平时不爱拍照的女朋友，在东京众多可选的景点中，偏偏选中了这处偏僻的植物园。过程中他一定纠结了无数次，到底在哪棵树下下跪才好，那枚戒指在口袋中被摩挲得已然升温，就如同他那颗炽热的心，仿佛足以烘干这座城市梅雨季的潮湿。

女生说了"yes（我愿意）"，两人紧紧抱在一起。作为他们唯一的观众，我忍不住为他们拍下一张照片，并朝他们喊道："Congratulations（恭喜你们）！"

情侣向我致谢，我给他们展示刚刚拍的照片，过程中能感觉自己脸上发烫,应该是被幸福传染的。哪儿有什么真正的"社恐",只是懒得对一切无聊的人、事、物做反应而已。

二〇二〇年创作《你是宇宙安排的邂逅》那本书时,我未曾想过在接下来的几年里,"爱情"会从年轻人价值排序中渐渐退场,仿佛没人再关注爱情,甚至谈爱色变。就连现在我自己看着封面上写着的"你是宇宙安排的邂逅,遇见了你,就是全部温柔",都觉得矫情刺眼。可是算法推送的冰冷数据无法解释,为何植物园里的某个秋日下午,语言不通的陌生人会为同一场爱情动容。

我以为世界让我戒掉了爱情,然而每次看到这样幸福的场面,看到别人结婚哭得泣不成声,哪怕新郎新娘与我毫无关系,只要爱意尚存,仍然会被感动到陪着哭上一会儿。

哪儿有那么多所谓不婚主义,我们只是主张幸福主义。

好讨厌啊,司康和咖啡都变甜了。

向宇宙借副碗筷

近日沉迷云南酸汤牛肉火锅,几乎每周都要吃三顿的程度。

现在对于老家的牛油火锅,战斗力仅剩两成,肠胃变成了辣椒警报器,几乎逢吃必闹肚子。而酸汤火锅温柔地收容了我。我钟情的酸甜辣口味,在这一锅汤底中实现了完美融合。番茄发酵出的醇厚酸香,裹挟着丝丝缕缕的果香,木姜子油在铜锅里随着气泡上下浮沉。夹上几筷子浸满灵魂汤底的酸菜和酸萝卜丝,只需一口,连续好几日的疲惫都可以瞬间消散。

小料台上,折耳根是必不可少的存在。这是许多人不喜欢,却是我从小吃到大的食物,它满载着故乡的回忆。在北京的很多餐厅,所谓凉拌折耳根,大多是拌的叶子,咬起来舌根发涩,难以下咽。折耳根难道不就该吃"根"吗?

我很贪心,挖上好几勺切碎的折耳根,堆成一座米白色的小山，再调好各种辣油、麻油、花椒油，最后伴着刚出锅的现切吊龙和黄牛肉送入口中。山野清气撞上肉脂丰腴的刹那，足以让我原谅一切。

竹编筐里的茴香土豆粑粑永远热得烫手。轻轻咬破那炸得金黄酥脆的外壳，内里雪糯的土豆丁便裹挟着茴香迫不及待地涌出来。可别忘了蘸上旁边的辣椒面，味道更是妙不可言。

每次必点一种叫"水性杨花"的涮菜。听说是长在泸沽湖里的一种水生植物，只需涮十秒便可吃了。它的表面似有黏液，却不像秋葵那般浓重，齿间轻咬，只有一点滑溜溜的触感，更多的是清甜，仿佛口腔刚经历了一场温柔的小雨。

火锅吃毕，身上没沾什么味道，不过小肚子被撑得滚圆，于是决定拿上还没喝完的傣家酸角汁，到附近的街上走走。

感谢世间所有美食，在这一刻，恍然觉得人生似乎再无大事。所谓活着，不过是向宇宙借副碗筷，认真吃干抹净每一场人间烟火。

苦尽柑来

《苦尽柑来遇见你》看完了，哭得我几近缺氧。

好久没有一部电视剧，可以将泪腺压榨成这番盛况。剧中的梁宽植，用他那只老茧纵横如苦柑表皮的手，在爱人与孩子每个崩溃、脆弱、亟须陪伴的时刻，都在场轻轻拍着他们的后背。随着剧情里所有时间线交织在一起，我抽纸的速度都比不上眼泪掉落的速度。

有人说，仿佛剧中所有人都苦尽甘来，唯独男主角梁宽植没有。

我觉得不尽然。有一晚有个发想，人倘若真的有转世，难道就一定是按照我们常识里的线性时间来吗？要知道，连时间的概念都是人类创造出来的。要是站在更高维度看，过去、现在与未来或许是同时存在的。如此一来，现在的人，上一世为何就一定是古代人呢？要是所谓下一世，就是不断地重复这一世呢。

但无论时间之河如何倒流、分叉或凝固，总有一种执念能穿透维度。有人甘愿预支百世眼泪，只为换取今生与你共尝半口酸柑的瞬间；有人则在每一次可能转世的节点上，都坚定地校准方向，只为再次抵达那个约定的坐标。

即使预见了所有悲伤，仍然愿意前往。因为这份主动的奔赴，本身就带着甜味。

想写一句话，送给所有至死不渝的遇见：花还没开，我已站在你必将盛放的位置，很久很久了。

大脑的真相

看到一个视频,说近日国外研究论文揭示,人类大脑的信息处理速度大约只有 10 比特/秒,而我们的感觉系统却能以高达 10^9 比特/秒的速度接收信息。

例如:我们的眼睛可以接收高达 1.6G 比特/秒的信息。然而,这些信息大部分在进入外脑之前就被过滤掉了,之后再交由内脑负责处理经过筛选后的低维信号。

这些信号是我们真正需要用来控制行为的信息,但是内脑的信息处理速度又非常慢,因此我们一次只能专注于一件事情,比如阅读、思考或说话。

我的理解是,有点像带着一个感受力极低的朋友去旅行。当日你们碰上一场暴雨,行程泡汤,但是为了躲雨反而误打误撞遇到一家超美味的餐厅,与邻桌一群人生经历丰富的陌生人聊了一下午。出来时雨过天晴,还看到了双彩虹。回酒店的路上一路迎着晚霞,到了房间回看今日照片,你们都美得太突出,漂亮的人怎么会失眠呢,于是沾枕头就睡了。

然而让朋友复述你们这一天,他深吸一口长气,不紧不慢地说:"真可惜,下了好大的雨啊。"

突然,我就释怀了。

大脑其实没那么厉害,它连处理悲伤都显得很笨拙,就像试图用算盘演奏交响乐。所以,当我沉溺于负面情绪、不可避免地内耗,想不通人生意义的时候,我会跳出来,回想今天我的眼睛看到了楼下公园的新绿,手触摸到了等待已久的快递,吃到了一直想打卡的餐厅,也闻到了最近爱用的香水。这些真实的感受,早已无数次告诉我活着的意义。

能够琢磨的感官细节像是一幅繁杂的绘卷,像是可以从街头逛到街尾、绵延几十公里的市集摊位,它们批量码放着美好和快乐,而大脑只会局促地坦露着一个结语:生而为人,我好抱歉。

想起诗人耶胡达·阿米亥那句著名的诗:活着,是同时去造一条船,再建一个码头,搭好那个码头,在船沉没很久很久以后。

造船与建码头的双重困境,之前听起来挺沮丧的。

现在想想,就别在意那条沉没的船了。船造出来,除了渡人,就是用来沉没的,但是建好的码头,可以坐在上面看日出日落,在海边晒月光。

等到我们老去的那天,眉间的皱纹既不来自沉船的惆怅,也与码头的时效无关,而是生活细节反复打磨出的、活着的年轮。

大脑啊,你上点心吧。我原谅你笨拙地塞给我一些不快乐,可是,冬天早已经过去了。

比玉兰花更美的

肩颈疼了快半个月，往年集中创作期，在电脑前坐多久都不会累，这台身体机器尚能咬合出火星四溅的灵感，可现在倒好，刚在电脑前码了两千字，后颈就像被电焊枪抵着，太阳穴突突跳着工地打桩机的节奏，眼睛用力一闭一睁，眼眶四周像埋了雷似的，堵得慌。

实在受不住，去按摩医院扎针做理疗。我去的这所北京按摩医院人气太旺，熟识的大夫有时只能约到早晨时段。还好如今我作息健康，起床后不紧不慢地吃个早餐再出门，也不会迟到。

到底话说早了，这天就堵在早高峰的车流里。车子停停走走蠕动几百米，手机屏幕晃得人反胃，我无奈摇下车窗，观察起行人来。

在我记忆里，北京的早晨是灰色的，与天气无关。憋闷的地铁车厢，急行的公交车，还有各色电动车、自行车以及外卖小哥的摩托车一同炖在大锅里，频繁叫嚣的车喇叭声也是没有灵魂的，人们脸上没有多余的表情，只有一样的疲惫。

车子缓缓经过一棵开得正盛的玉兰树，瞧见树下有个背着双肩包、戴着荧光防晒帽的阿姨，看样子是独自来旅行的。她张扬得如同在跳舞，伸出双臂，一脸灿烂地对着镜头笑。帮她拍照的是一个穿着工服的环卫工人，那环卫工人半蹲成专业摄影师的角度，拍得好认真，拍完后拿给阿姨看，兴许是被照片上那"魔性"的姿势逗乐了，两人一起笑得前仰后合。

两个女性身上散发的暖意，似乎让她们身后的玉兰树开得更盛。

可惜这一幕我看得太入神，等想起要拍照记录时，车流已经恢复正常，那美好的画面被抛在身后。

这些年学会对世界保持礼貌距离，以为五感被磨得只剩无感了，可总会出现一两个瞬间，就像翻出生活的底牌，重复被这样的鲜活所打动。

奇怪，肩颈好像没那么疼了，要为它花钱了，又老实了。这副肉身啊，该怎么说你呢，还是不说了吧。往后的日子，还请多指教啊。

烟火准时开空

这几年,我的写作过程会有不同的场景。初稿阶段,自控力不比往昔,容易分心,自习室或咖啡店成了首选。在键盘上敲出的故事,仿佛是生长于人群缝隙间的绿植,依赖着外界的光合作用。咖啡店的轻音乐、邻座的翻书声,都成了防止我走神的白噪声。

中间几稿的修改相对不受场景限制,飞行途中,甚至出门坐车的间隙,都能完成。

然而,定稿却必须回到"洞穴"。这时,我习惯将自己置于一个相对孤独的空间,这是我定义的"躺进棺材"时间。因为我深知,一旦定稿结束,过去洋洋洒洒写下的十万余字便再无修改的可能。无论写的是关于自我的,还是杜撰的故事,它们都会轻轻松开我的手,迈着碎步离开,去接受他人的评判。我要对这些文字负责,于是与它们一同静卧在黑暗空间,将所有情绪的阀门开到最大,剖析写下的每一个字。

那段时间着实难熬,必定会经历纠结与破碎,在"写得真好"和"什么玩意儿"的自我评价之间反复横跳。截稿日如高悬头顶的剑,容不得拖延,即便焦虑也只能努力克服。我把自己关在房间里,又哭又笑,眼睁睁看着太阳从海面升起,再一晃神,又坠入海中。

《抬头看二十九次月亮》和《后来时间都与你有关》的再版,最后定稿都是在阿那亚的海边完成的。

有趣的是,两次落笔时,岸边都同时放起烟火,甚至时间点都微妙地重合。《抬头看二十九次月亮》那次,是刚将定稿发至编辑邮箱;《后来时间都与你有关》则是按下保存键,正准备上传到邮件里。

烟火应该是游客自费燃放的。准时升空的烟火,仿佛是某个平行时空的我在为倒计时庆贺:恭喜你,一段夹杂着甜味的苦旅结束,你可以回到真实的世界去了。

我打开窗户,朝他们喊道:"谢谢你们,很漂亮!"

楼层之间或许也有其他住户听到,大家一同为岸上的他们欢呼致谢。

我深呼吸,毫不害臊地大喊:"再来一个!"

可爱的是,他们真的又放了。而且这次的烟火比刚才更多,持续时间更久。

灿烂的烟火盛开在夜幕中，陌生人的即兴暖意，仿佛替我说出了许多未尽的心事。

值得哭一鼻子。

强制爱

最近中了流感病毒，躺了好几天。

烧得迷迷糊糊时，突然特别想吃麻辣烫，于是点了离家最近的一家外卖。虽说锅底只选了微微辣，可毕竟还是个病人，不敢太放肆，便拆开包装盒，把辣汤一股脑儿全倒掉了。

脑子指挥着我要蘸醋吃，我就盛了满满一碗陈醋。夹起一片午餐肉，在醋里浸了浸，接着小心翼翼地用舌尖去试探辣度，像是小时候初尝爷爷给我蘸在筷子上的白酒。

吃到宽粉的时候，感觉身体被打开了，久违的快乐如同细胞们都在开香槟庆祝——太！好！吃！了！

那之后的三天，我顿顿都点同一家店的单人套餐，还额外加好几份宽粉。

昨晚那一顿，店家竟然直接送了我两大碗宽粉。

好霸道的强制爱，好人一生平安。

月光爱人

热搜上,又有一个熟悉的名字离开了这个世界。

死亡的实感,总伴随着一些能量流动间的有迹可循,比如就在前几天,我还在听他的歌,那首《回留》,曾陪着我度过好些写作的日子。他那沙砾质感的嗓音刮擦着耳膜,仿佛有人正用碎瓷片在心上刻写碑文,疼得锥心。可即便如此,我还是忍不住一遍又一遍循环播放,毕竟写作有时需要一种痛觉。

时间再往前推几个月,正值农历新年假期,我在北极圈游荡。头一晚瞧见极光的余兴未消,一大早,伴着时差点开手机,微信群里跳出消息——她走了,因为一场流感。

经常会看到《康熙来了》或者《娱乐百分百》的片段,即便反复观看,依旧觉得津津有味。那些年,姐妹两人的嬉闹陪我上学放学,伴我下饭,替我赶走了许多孤独,实实在在地成为我青春里无法绕过的重要章节。

这些年，明星的陆续离世总会引发一场全民大讨论。媒体需要流量，乐于将各种声音都推到信息广场里，人们想要看真相，却更热衷于观赏谣言。舆论环境因此变得乌烟瘴气。

生命教育和性教育几乎完全靠后天自学的我们，对于每个生命的逝去，本应是个照见自我生活的绝佳契机，可评论区里却总充斥着触及人性底线的言论。眼不见为净，明知道那是个旋涡，若还去试探，徒增烦恼，扰乱心神，可就是我的不是了。

记忆中的名字逐渐褪为灰色，使得时间的流逝显得更加真切。我才不在乎什么青春已逝，反正我的青春也没什么值得留恋的。我更喜欢现在，有底气，有心气，既可以把一天当作两天那样充实度过，也能什么都不干，就这么躺着。只是到了这个年纪，不得不直面死亡这件事，我正努力修炼一种不留遗憾的智慧，哪怕明天就突然离去。

时间继续回溯到二〇二三年七月五日，朋友邀请我一起去看话剧。北京人艺剧场里，空调吐着白雾，故事的结尾，女主角与母亲经过一整晚的交流后，在一声枪响中结束了自己的生命。我看得憋闷，能量耗尽，与自己约好，以后不再轻易花时间和金钱主动困在这样悲伤的叙事里，那种感觉太难受了。

场灯亮起，我正打算与朋友分享感受，她突然把手机递给我。李玟的姐姐发布了微博——CoCo走了。

我第一个想到的便是杨哥。许多年前，我们合著了《你是最好的自己》那本书，它让我成了畅销书作家。在那之前，我在写作这条路上走投无路，他带着手机摄影出现，我写他拍，他帮我挖掘整理自己的天赋。创作那本书的过程里，他多次和我提起，CoCo是他从小学六年级开始的启明星。

有过终生偶像的人都明白，他们的存在早已经成了精神地基。杨哥说，他能成为今天的自己，很大程度上受了她的影响。我总爱开玩笑说："那我能有今天，你至少占了10%的功劳。"他一脸疑惑道："就这点？"我点点头，说："我命好占80%，自己努力10%，你这比例已经够高了。"他笑着回应："那作为报答，以后在你作品里多提提CoCo就行。"

我真的有藏彩蛋，这些年，我会有意无意地给书里的角色取和她相关的名字，或者直接设定他们喜欢的偶像是CoCo。就连涉及二十世纪九十年代的剧本里，我还特意注明女主角房间要贴一张"大家好才是真的好"的海报。

再见到杨哥是在他家。他见我来，没说什么，独自窝回沙发上。我在他身旁坐下，拍了拍他的背，他不敢看我，抱着我痛哭起来。记忆中，我没见他这样哭过。

那天，他只说了一句话，带着哭腔问我："怎么办啊，以后每年这个时候,我就要变成悼念她的人了。"

两日后,他不得不投身工作。盛典的大屏幕上播放着悼念 CoCo 的视频,作为主持人,他努力克制着情绪,旁人难以察觉他的异样,只有我们这些朋友,知道他正在经历什么。可我们什么也做不了,只能默默旁观他的悲伤。

后来,他作为歌迷代表去了 CoCo 的追思会,哽咽着追忆着他爱了很多年的人,甚至还参与了扶灵出殡。他的手搭上灵柩的那一刻,仿佛整个世界都静止了。脚下的那几步路,每一步都似有千斤重,从未如此沉重过。一切的一切,冥冥之中像是 CoCo 安排好的,让他练习放下,不可以再哭了。

过了几天,他发了一篇微博,终于有勇气将这些年与 CoCo 的相处都写下来。他想让更多人记住她,从前像太阳般热情的她,现在终于可以变成月亮了,不用再拼命燃烧自己,依旧能为那些看不到太阳的人,在黑夜中反射太阳的光芒。想她的时候,就抬头看看月亮,因为太阳暖人,但,月光爱人。

用尽全身力气完成了这场告别,从前的杨哥看似回来了,好像一切都没发生过,但我知道,他改变了许多。他关掉了朋友圈,除了几个相熟的朋友,几乎不再参与社交;以往雷打不动的行事历,如今也不再严格遵守;工作上也没那么拼了,很会享受生活,时常收到他突如其来的微信消息,问我要不要来一场说走就走的旅行；他的泪点变得很低，自然风光里的一颦一笑，突来的晚霞，从银杏叶上滚落的晨露，都足以让他落泪。

一个人快速理解世界的方式，就是失去一个对你来说很重要的人，目睹一部分自我随之一同消逝。

写到这儿，我也有个色彩斑斓的记忆球，打开瞧瞧吧。那还是疫情的第二年，春节我依旧回不了故乡，留在北京，勉强加入本地朋友的家庭局。毕竟是外人，我尴尬地看了半场春晚。

杨哥适时打来电话，说他正和 CoCo 一起吃年夜饭，问我要不要过去。我讶异，说话都磕巴，要知道刚刚才在电视上看完 CoCo 的节目。"她会介意吗？"我弱弱地问。我在电话里听到 CoCo 的声音。"她说当然没问题！"杨哥笑着转述，末了补上一句，"还是你想继续待在别人家里？"

于是，莫名其妙地我见到了 CoCo，和她吃了第一次——也是最后一次年夜饭。她在席间嘻嘻哈哈的，对每道菜都交口称赞，大口吃米饭的样子像只可爱的仓鼠。头上的水晶吊灯将她的耳钉晃碎成星子，落进我温热的眼眶里，那个遥不可及的天后就在眼前，美好得如同梦境。

离开时，她主动张开双臂，我们拥抱告别。她的羊绒外套轻轻蹭过我的脸颊，她好香啊。

可惜,我们没有留下一张合影。她会记得我吗?好像也没关系,不必记得。

我记得那晚月色很美。

我记得就好,有人记得就好。

哭一场

前些年的病毒消弭之后,世界正在经历一场剧烈的情绪炎症。

频繁听闻身边认识的人有抑郁症,有些即便经常见面的朋友,竟然也是治愈后,突然像讲别人的故事一样轻描淡写地提及。我愕然追问,为什么当时不说啊?

或许这就是成年人的体面,他们知道,很多问题的出题者其实是自己。被自己绊住了,难过说不出口,更不敢哭。

症状都是相似的,疑神疑鬼,睡不着觉,又离不开床,反复说着相同的话,平等地痛恨一切。

回家与父母谈及这个话题,他们告诉我,家中的亲戚也有孩子在学校割腕,他们实在不理解,物质丰盈的今天,不快乐就去找快乐啊。

正在煮饺子的我爸如是说:"我们那会儿光脚走雪地上

学,哪儿有空抑郁……"

瓷碗里浮沉的饺子多像困在温水里的我们,皮囊完整,内里早已煮烂了三分。

想起看过的一篇帖子,博主患重度抑郁症,跨年夜从公司加班出来,上了专车后,司机没开出几步路,她突然哭了,崩溃痛哭那种。情绪上头,无法抑制。

司机当然慌了。博主没有掩饰,告诉司机不用担心,没被断崖分手,家人也健在,有存款饿不死,只是有抑郁症。司机没多说话,默默结束了计费,绕路带着她看了场江滩的灯光秀。

司机说:"我闺女也得过那病,她说看多了亮晶晶的东西,就不会流眼泪了。"

博主写道,这是她跨过的最好的新年。

我虽然目前情绪状态良好,但的确有时候会走到崩溃边缘,不敢再往前一步,因为身体会立刻发出警报,以一种旁观者的视角告诫我:加油啊!努力啊!除了生死,都是小事,情绪稳定,保住狗命!

可我了解自己,趴在地上狠狠喘气的时候,最不想听到的两个字就是"努力",如果有人再跟我说"你要努力哟",我会毫不犹豫地拉黑他。

活到今天，我放弃了两件事：一件事是追求自由，另一件事，就是让自己快乐。前者只要还在呼吸，就根本无法实现；后者是因为真正快乐的人，不会去思考这个问题，寻找快乐这件事本身，就挺让人难过的。

正在经历一场内心浩劫的朋友，你不一定要快乐，很难过很难过也可以，说出来，发泄出来，尽情胡闹一场，让身边的人感受到。或许有人不理解，但一定有人会拨开那团看不见的雾，问你一句"怎么了"，长夜里有盏灯，内心的荒野有人在，总好过独自面对情绪的千军万马。

慢慢来，我们大哭一场。

脏衬衣

签售结束，活动穿的白衬衣没来得及换下来，直接坐上回北京的班机。空姐送橙汁时，杯子没拿稳，直接倒在我身上，整杯橙汁不偏不倚全被白衬衫接着了，一点都没浪费。

画面像掉了帧，我和空姐面面相觑，僵成两尊石膏像。空姐回过神来，连说着对不起，道歉都给自己道笑了。

这大概也是她职场生涯暴击级别的场面。

三条湿毛巾轮番救场后，白衬衫已经浸黄，有很大概率是废了。飞机平飞，乘务长专程来道歉，说会把衣服拿去干洗，还表示一定会惩罚那名犯错的空姐。我嫌麻烦，说衣服已经废了，空姐也不是故意的，就别都废了。

后来太困，昏睡了大半程，醒来看见空姐在小桌上放了两袋坚果，下面压着一张手写卡片，写着落地时间，还有一句话：地面温度九摄氏度，但您让三万英尺[1]的高空很温暖。

让我感到温暖的，并非来自当了好人的虚荣，而是反观自身，在如今这个年纪和状态下，终于能够平静地接住意外，没有一丝情绪。

当雪崩从他人那边滚来时，我的山谷仍能按时升起月亮。

本想在那件衬衣上二次创作画点什么，衬着黄印子兴许还能穿。但位置集中在下摆处，黄得很尴尬，后来还是扔了。

这样比较像一个不矫情的故事结局。

---

[1] 英美制长度单位，1 英尺合 0.3048 米。

在动物园逛得开心

我的泪失禁体质不太争气,悲伤时没力气哭,高兴时只会傻笑,眼泪永远只在直面冲突时闪亮登场,非常会挑场合。

以至我到如今这岁数,都无法和别人吵架。

学生时代只打过一次架,那是在同桌数次开玩笑藏我书本、笔袋,因为我胖而羞辱我的身材,带着班上其他男生给我起外号之后,我忍不住,终于在下课铃响时推翻了他的课桌。

同桌抓起我的衣领,把虚胖的我直接就地拎起。我用音量抵抗,呵斥他的过错,结果没说两句,自己先哭为敬,哇哇大哭那种。

同桌愣住,咂舌道:"我还没揍你呢!"

记忆深刻的窘迫事还有一桩,初到北京在宣传公司上班那年。周五深夜加班结束，办公室里只剩我和对面的同事。看看时间，我还能去赴朋友的约。

那时刚有打车软件，奢侈叫了辆专车。见导航显示路况拥堵，转念一想，还是改乘地铁，便取消订单。不料司机一个来电，劈头盖脸地带着脏话骂我，我瞬间蒙了，主要是那些脏话太脏了。

我骂人词汇匮乏，当场只能把他骂我的话原样吼回去。当时年纪小，资历尚浅，只会当复读机。

"我要投诉"四个字刚讲出口，便仓促挂了电话，因为熟悉的情绪来袭，鼻子发酸，感受到泪腺阀门即将失控。

对面同事定住，缓缓问我："没事吧？"

我说："司机有病，打电话来骂我，我要（嘴角开始抽搐）投（胸腔起伏）诉（眼泪喷涌而出）。"

说完把手机递给同事，擦着泪说："你帮我打吧。"

再往后，就是顺利出书，成了有百度百科词条的人，见识过镁光灯下的世面，以为早已练就强心脏。毕竟这些年从笔尖淌出的文字治愈过万千读者，唇舌间也开出过救赎的良方。

可医者终难自医。就在去年，小区的前物业因为不作为集体撤场，律师打电话来催缴莫须有的欠款。对方语气不客气，声调陡升，我便乱了方寸，跌进他话术的旋涡里拼命自证。

末了情绪上头，喉头发紧时向对方大喊："频繁给我打电话也是一种骚扰！"

声音已经在抖了，在哭腔破闸的前一秒，我狼狈地掐断通话。

回望这些冲突，像翻看不同封面的同一本悲剧，剧情迭代，内核却困在旧循环里。

在困扰我的很多年里，身体早将那些糟糕感受腌渍成肌肉记忆。每当类似场景重演，自我保护程序便自动启动，所以先讨好全世界吧，用微笑当盾牌，不要拒绝他人，多输出被他人喜欢的表达吧，迁就也是一种止痛药。

于是成了脾气好、性格好，同时也好没边界感、好欺负，我好不喜欢的自己。

甚至有时候拼命努力，是为了攒够避开人群的资本，以为屏蔽了危险信号，偶尔发疯，就足以将那个被眼泪包裹的我风干在过去。

可是人生给你的考题，如果没有考过，一定还会换种方式来考验你。

我总羡慕那些在冲突中平静自持的人。

看过一个视频，机场飞机晚点，一个女生条理清晰地与柜台的机组人员表达自己的不满，指出航空公司的不作为，为所有延误乘客争取权益。过程中她不急不躁,声线平稳,而不是只会骂街,输出无用的情绪。

这段视频我来回看了很多次。

还有一个内核极强的朋友,这些年从未有人见过他情绪崩堤。在我把被律师骂哭的糗事告诉他后,他先精准嘲笑"三连",随即送给我一个近期经历。

他前阵子去外地出差,主办方给他安排的住处是山坡上的独栋别墅,日常出行如果叫不到电瓶车,需要辛苦走几步。头几日点的外卖,小哥们都正常送至门口,唯独一个小哥致电怒吼,说找不到门牌号,让他自己下去取。朋友很疑惑,温声提醒之前外卖都是送上门的,辛苦他找一下。

小哥说会超时。朋友讶异道:"那我自己下去取也一样会超啊。"对方突然情绪崩溃,竟骂了脏话。朋友顿住几秒后,对方反问:"你怎么不说话?"朋友响起惊叹:"天啊!你刚才——是在骂脏话吗?"

小哥愣住,吞吞吐吐道:"骂了怎么着吧,你投诉我啊。"朋友仍然轻声细语道:"我不会投诉的,只是把外卖送到客人手里是你的工作,结果你因为找不到客人地址生气,那是你的事,但再不乐意,你还是要把餐送到。"

最后,小哥上来了,不过将外卖放在了房间门口,没好意思敲他的门。

更绝的后续是,朋友给小哥发了个红包,附言道:工作已经占了我们一天最多的时间,还是开心点比较划算,即使你不喜欢它。辛苦了。

听完我怔然,若我是那小哥,怕是要在山风里哭湿外卖箱。

在这之前,我锻炼自己面对冲突的方式,是允许自己发疯,像是当即投掷一个炸弹,两败俱伤,谁都别好过。不需要表演好人,反正谁也走不进谁的生活里。

但更高维度的解法,是站在事件之外,想象这些人是小动物,观察它们。

它们嚣张地龇毛狂吠,打乱秩序,吵闹干仗,随它们去,我们怎会与小动物置气,只管拿着零食看戏。偶尔抛个玩具逗弄两下,看它们气急败坏的样子,还能给生活添点乐趣。

写完这篇文字的同时,也往自己心口贴了一张备忘笺,以后再有控制不住眼泪的时刻,就让它自然发生吧。毕竟日子还长,那些不及格的考题,总需要未来某个我去回答,以及继续修炼平静陈述的能力。

重要的是,在动物园里逛得开心。

她们

一轮签售结束，读者的礼物又堆了七八个大箱子，其中还有两个被弄丢了，捋不清是书店还是快递的责任，难以追问，至今也无下文。

收拾礼物时，坦白说挺闹心的，数量繁多不说，物件还特别杂，从各个城市寄回的纸箱相互纠缠，仿佛成了一座迷宫。里面的物件七零八落，手作陶瓷碎在了信件当中，刺绣书签也钩破了包装袋，怪可惜的。收拾它们是一项巨大工程，看着满屋的热情发愁，总试图狠下心，告诉大家今后做活动不再接受任何礼物了。实在是腾不出地方了。

然而，当我开始拆箱一件件清点时，还是被深深地震撼了。

我曾说过不收读者花钱买的商品，可她们知道我喜欢盲盒，于是就有人亲手制作了一整套盲盒。每一个包装盒都是精心手绘的,而且真的可以撕开,像模像样地套着包装袋,还贴心地附上了小卡。里面的盲盒是用石塑黏土和丙烯颜料制作而成的,呈现的竟是各个时期的我。

还有人将盲盒进行改娃创作,配色和元素全都与我的书相关,看得出花费了不少心思。

读者粉丝们已经不满足于普通的"见字如面",手写信件太过寻常。于是她们写了厚厚的手账本,密密麻麻地记满了与我有关的点滴,甚至已经进化到制作立体书的程度。每翻开一页,都藏着或精巧或有趣的机关,一打开,就仿佛开启了一个充满惊喜的平行世界。

更不用说那些擅长画画、书法、写歌的读者,油画、彩色铅笔画、团扇、对联、拼图、原创CD,还有各种卡通应援周边,一字排开,宛如一个流动的展览馆,琳琅满目。

那些不"卷"艺术、喜欢闹腾的读者,制作了各种搞怪玩物、奖杯和锦旗,就为了让我在签名已经持续好几个小时后,能够放下疲惫,毫无负担地抽空笑一笑。

她们都是怎样心灵手巧的天使啊,这么厉害的人,做什么都会成功的。

可是,空间确实已经到极限了,我也明白,如果不让她们继续表达这份心意,可能很多情感就会失去落脚点。毕竟我深知,每一次相遇的背后,都藏着她们无数个日夜的满心期待。我并非什么遥不可及的白月光,真正的月光其实是"见面"这件事本身,那可是读者们用年岁积攒起来的情感。

在我的读者粉丝群体中,女孩子占了多数。按照汉语长期以来的使用习惯,当指代包含男性和女性的第三人称复数时,正确用法应是"他们"。可正确的东西多无聊啊。在我这儿,我想用女字旁,有男有女的时候,为什么就不能是"她们"呢。我想我那些可爱的男粉,也会乐意的。

除了用心写书,能回报给她们的,只有……租更大的仓库了。

冰岛

　　来冰岛之前，想过应该会喜欢这里，但没想到竟会如此着迷，以至于念念不忘。

　　在旅行这件事上，我多少有点运气。每次天气预报显示的糟糕天气，总能在临行前一刻迎来转机。就像这次，降落冰岛前两天，全岛刚经历严重的飓风，很多游客滞留在酒店，对着窗外的暴雨望了整整一周。

　　我们降落之后，冰岛仿佛格外给面子，收敛了暴雨，精简了云层，送上了一周的好天气。

　　首都雷克雅未克比我想象中更具文艺气息，街道上随处可见设计感十足的海报。即便商业街上几乎全被同质化的纪念品商店填满，但在每家店里，仍能淘到别具一格的玩物。比如我就在门口摆着两只巨大仿真北极熊的商店里，买到了独一无二的矮种马公仔和手工编织的企鹅挂件。

每次旅行，我都会在当地买专属的小公仔，带着它们一同游玩，为它们拍照，如此一来，每张摄影图都成了我的创作。日后只要看见那些放在家中角落的小物件，旅行的实感便会瞬间复现。

在雷市停留充电的三日里，路遇的当地人都十分友好，并非传说中的北欧式冷漠。他们的社交边界恰到好处，是I人[1]最喜欢的那种热情——不会过分打扰你，但当你需要时，绝对笑脸相迎。

我们乘坐了当地的公交车，体验了不同的酒店，作为深烘咖啡脑袋，也喝到了好几家品质满分的咖啡。"淘"了二手书店，逛遍了所有美术馆，甚至在美术馆商店买到了最后一本奈良美智的画册。那是他好几年前在雷市办展时的展览画册，册子里的每幅画都还原了展览中的木箱装置，且可以打开互动，极具收藏意义。

雷市有好几家美味的餐厅，甚至整个冰岛行程结束，我们盲选的餐厅都很不错。出行前带的一大包方便面，最后原封不动地扛了回来。要是不巧吃到一碗太咸的羊肉汤，我就会选择晚上多喝一罐啤酒。

冰岛的啤酒容易让人上瘾。

说来也怪，平日在家里鲜少喝啤酒，倒是一出远门就很

---

[1] 源于MBTI人格测试，性格内敛，内向型的人。

爱喝当地的啤酒。便利店的货架上，陈列着各色包装精致的啤酒，选一罐心有所属的，拉开拉环，在陌生的城市与熟悉的朋友碰杯，也许是完成旅行仪式感重要的组成部分。

我们的行程从雷克雅未克出发，途经斯奈山半岛、黄金圈，最远抵达杰古沙龙冰河湖，最后返回雷市。基本上是南岛游玩的经典线路。

一周时间下来，喜欢冰岛的原因，就在于它那开盲盒式的体验。每一朵云的形态、阳光或者雨雪，看到的风景，走过的路，每个人的收获都是独一无二的"绝版胶片"。

间歇泉吐息的地热水需要等待，每次喷涌的水流大小都不一样。所有游客举着手机，都想捕捉水流最大的一次喷涌，可有时站了半个多钟头，徒劳无功。反而在收起手机时，泉水带着一声闷响与天空合掌，蒸腾起的水汽，像是给游客开了一场劈头盖脸的玩笑。

塞里雅兰瀑布随机为我们呈现出彩虹，可再往前走几分钟，彩虹就消失了。穿越瀑布时，我看到一处平台，身后的瀑布倾斜而下，于是让朋友拍下我坐在平台上打坐的照片。

前脚刚离开，我还在欣赏照片，只见顶端的瀑布划出分支，直接将刚刚坐着的平台淹没。塞里雅兰瀑布应该是很欢迎我去它身边坐坐。

传说中的黑沙滩，我们待了不到十分钟。突袭的风足够吞掉我们，更不用说海浪太危险不得靠近，我们几乎从停车场下车开始，就能感觉到狂风像一双粗糙的手，使劲将人往海里推。朋友们像几株交错的灌木，拼命对抗狂风，呼啸的风声如巨兽叫喊般盖过头顶，冲锋衣的帽檐在耳边疯狂打着节拍，我们的心里直发怵，一刻也不想多待。

我最期待的杰古沙龙冰河湖，之前就看过很多人举着冰块，拍以冰川为背景的游客照，我想象中冰岛最精华的定格也是如此。结果我们到达时，整片湖泊上只孤零零地漂来一块矮小的冰川。我站在高处，看着游客们挤在岸边一角，热情地拍摄着那落单的小冰川，仿佛冰川拒绝当背景墙，只派了一个代表与游客互动。我将这块冰川和游客们同框的画面拍下，别有一番趣味。

行程中停车休息时，路边随处可见矮种马，它们很亲人，只要你足够真诚，便会向你走来。巧合的是，向我走来的一只矮种马与我在雷市买到的公仔几乎长得一模一样。头上浅棕色的毛发中间长出一道米白色，直接顺延到鬃毛。

我能感受到它在观察我，注视我，我抱了抱它，也顾不上什么农场主了，心理上已经把它认养了。

接下来的几日，透过阳光拥抱了蓝冰洞宝石般的瞬间；极光一个不经意就在头上绽放；捡起的每一颗火山石形态各异；雪融后，来时经过的路面变成了天空之境……每天都被一种"命定感"轻柔撩拨，此刻眼前看到的就独属于我一人。

因为存在太多不确定因素,天气一旦有情绪,可能每个人看到的风景都不尽相同。这一行最大的收获,就是明白不必想着穷尽一切,以及除了亲近大自然,人类更多要试着放下骄傲,学会仰望。在更广阔的宇宙维度前,我们渺小得几乎可以忽略不计。

告别冰岛的前一晚,与朋友们互相分享照片,回顾几日的经历,感恩每一天的好天气,若只是用"完美"来概括,都显得词穷且不负责任。

大家聊起如果提前几天来,被困在酒店连续看着窗外的雨,会是什么样的心情。

就是这么巧合,刚聊到这个话题,我便在小红书上看到一个博主。几天前因为冰岛的飓风,她被迫取消了行程,被困在民宿里。百无聊赖的居家时刻,她看见房东的首饰盘上挂着一个穿着救援衣小人的钥匙扣,便随口问房东在哪里能买到同款,结果房东立刻开车给她送来了一个全新未拆封的。

房东告诉她,这个钥匙扣是一群道路救援志愿者为了筹款推出的公益项目周边。每年秋天发售,每一年的造型都不一样,她这一个正好是二〇二四年的最新款。

即使那几日行程泡汤,她也收获了最好的风景。她眼中的冰岛,已然与其他人看到的不一样了。

所有事到最后其实都会达成一种平衡,先不要那么着急计较失去,那些神色太慌张的人,往往都是刚刚出发的旅人。

我问同行的朋友:"我们还有机会来看看夏天的冰岛吗?"

朋友说:"冰岛的国鸟海鹦鹉都在海面上过冬,所以这次没有看到。就算为了海鹦鹉,也值得再来。"

我笑着说:"从今天起,它们就是薛定谔的海鹦鹉,等我们重游的那天,它们会为我们飞回来。"

牵绳的风筝

冰岛之行的其中一晚，住在海德拉小镇附近。这家酒店颇为独特，坐落在一片荒地上，由几栋独立的全景玻璃房构成。入夜后，玻璃房亮起灯光，远远望去，像极了遗落在外星球的飞船。

提前三个月在官网抢到房源，奈何房费太贵，本着追求性价比，和朋友挤在一间名为"雷神"的房子里，床不大，翻个身就可以拥抱取暖。

这间房子最精妙的设计，当数四面全景落地玻璃窗，躺在床上就可以透过天花板的玻璃观赏极光。这本应是此行的高光，然而，当我们关上灯时，却发现空中的云团厚得毫不留情。我俩收拾好心情，默契地裹起毛毯，转而开始聊人生。

聊到后来，话题穷尽，陷入无言。不知是谁打了个喷嚏，我们才察觉到室内的暖气片老旧失温。朋友适时接到工作电话，于是打开电脑，开始加班。

朋友不禁感慨，原来逃到世界尽头，还是要被工作支配。

我早就与这件事和解了。我们努力赚钱，出门旅行，不过是去远一点的地方绕一圈，最终还是要回归原本的生活。这个世界上哪儿有什么绝对的自由，我们以为自己在追求自由，实则在逃离的途中，被自由的反噬束缚住了双脚。

剪了支今日游玩视频，发给朋友看。他敲着键盘，不忘向我竖起大拇指。

我并不喜欢在旅行时工作。拿我的职业来说，能在备忘录里记录一些片段，就已经是我的极限了。我没办法玩到一半就拿出电脑认真写作，带着镜头事无巨细地拍出一整支 vlog[1]，更不喜欢掰着指头去想假期结束后，还有哪些计划尚未完成。

大部分人，终究还是无法避免地要走进社会的丛林，即便他们在内心已经呐喊过无数次。这就如同风筝赌气剪断引线的那一刻，才惊觉原来需要那根勒痛自己的绳子来确认飞翔的方向。

一滴墨水滴入心湖，便再也找不到墨水的痕迹，只能当它不在，房间里的大象，存在也挺可爱的。要是想得太深，反而会禁锢住自己。

早点睡吧，明早还有新的日出。

---

1 记录日常生活的视频短片。

追光记

北欧之行前，看极光便已被我理所当然地列入心愿清单。

这次半个月都在北极圈里游荡，于是出发前反骨地与朋友们约好，绝不花钱报什么极光团，一切主打随缘。要是真遇不上，就当攒着运气，等下次人生有新的转场。

抵达挪威奥斯陆的第一天，司导热情地向我们推荐追光APP（应用程序），还说今夜的极光指数能飙升到五级。初来乍到的我们，仿佛受到了大自然的特别眷顾。到酒店放下行李，来不及消解长途飞行的疲惫，集合追光。

毕竟身处北极圈，熬夜可是对极光最基本的尊重。

我套上两层保暖裤和加绒秋衣，把自己裹得像个粽子，窝在奥斯陆北部的公园里。

攻略上写这里是最佳极光观测点，四周没有灯光，走路都得开手机手电筒。在等待极光的过程中，伴随着不时席卷而来的冷风，我们从诗词歌赋聊到人生哲学、心理学、玄学、发疯文学，甚至还学会了辨认北斗七星。

两个小时过去了，我搓着冻僵的手逐渐暴躁，此生都不想再看到北斗七星了。眼看身边陆续有一些游客坚持不住离开了，我用手电筒晃了晃身边的朋友们，只见他们眼神灼热，意志坚定，活像周一升旗仪式上的优秀小学生。

比起已经投入的沉没成本，我更害怕第一天旅行就被冻成标本，于是鼓起勇气，扫兴道："十点了，不然我们走吧。"

试探的尾音还没落地，一行人已经齐刷刷弹射起步。

看来比起极光，还是保命要紧。

终于看到极光，是在挪威的最后一晚。我们住在一个叫亨宁斯维尔的渔村里，整个村庄建在小岛的礁石上，渔船航道贯穿其中，两旁是色彩斑斓的木房。办理入住时，酒店前台的女生和我们说，如果看到了极光，一定要告诉她。

那晚，我们围在宽敞的客厅里吃喝，热爱摄影的朋友为我们轮流拍照，忽然，只听他捧着手机惊呼："我好像看到极光了！"

二十秒后，我们裹着羽绒服，像一群左右摇晃、失去控制的帝企鹅，冲到气温零下的码头边。对照着朋友刚刚照片上拍下的位置看去，原来极光是白色的，在手机长曝光下，是一道极细的绿纱幔，肉眼看就像谁用橡皮擦蹭脏了夜空，不仔细看，甚至会以为是普通的云团。

想起与前台女生的约定，朋友激动地跑去前台，大半夜的，那架势就像饿鬼在拍着大堂的玻璃门，着实把那女生吓了一跳。女生出来望着天，嘴上说着谢谢，看了一会儿就走了，手机从始至终都没掏出来过，而我们每人大概都已经拍了一百张极光写真。

女生心里一定想，就这？

可即便就是这样，我们已经连着说了好几次"不虚此行"。人的欲望都是会被滋养的，很容易得到满足，却又很难真正知足。想要拥抱的时候，还渴望亲吻和爱，其实只需给一点点灿烂，就足够让人欣喜。

情人节的黄昏，我们离开挪威，飞往冰岛。飞机挣脱奥斯陆的积雪向北攀升，我倚着舷窗打盹儿，机翼突然划破云层，某种绿色荧光像宇宙在舷窗上哈出的雾气。慌乱中，我用相机长曝光辨认，没错，是极光。

机舱太亮，窗户反光，我用衣服将自己罩住，贴在窗边看。此时已无须借助手机，肉眼就能清楚地看到，那些绿色的光带如同宇宙的丝巾缠绕住机翼。我抑制不住内心的兴奋，连连惊叹。于是，就这样与朋友们轮流在窗边欣赏极光。机舱里空调开得很足，我们脱下衣服，头上满是汗，狼狈却又无比幸福。

接待我们的司导说,他带过那么多组客人,好像大部分人都是在不经意间看见极光爆发的。有些客人待了半个多月都没见过,专程开车追到芬兰边境,最后也只拍到一团模糊的光晕。

这情形,像极了人生。就如同我不喜欢谈论努力,也不劝别人努力,天赋和运气在基因里似乎就已经写好了。比起穷尽半生校准镜头参数,我更乐于炫耀自己命好,不经意间歪头一瞥,便接住了宇宙最特别的显影。

后来在雷市,终于碰上极光爆发,肉眼可见极光在夜空翩翩起舞,不再是之前那般矜持的光带,而是蔓延开来的一整片绿色荧光。我们躲在一座灯塔背后,勉强抵御夜里的大风。有缘的是,那夜在灯塔后避风的都是中国人。

两个女孩子和我们分享她们前一晚在维迪岛上拍下的爱与和平灯塔。这座以约翰·列侬的歌曲命名的灯塔,每年会从他的生日开始,点亮一个蓝色光束直射北极星空,呼唤和平,提醒人们,别忘了我们都是星辰。

正在钓鱼的广东家庭忽然收竿欢呼,一条巨大的鳕鱼在地上扑腾。在冰岛长大的小儿子用粤语喊着"恭喜发财"。我们伴着极光,为钓上的大鱼欢呼,用蹩脚的粤语互祝新年快乐,此时还在正月里,那场面温馨得仿佛在北极圈里又过了个年。

旅程结束前的最后一晚,我们住在蓝湖温泉旁,每个房间的露天阳台上,遗留的熔岩堆犹如巨兽的脊背。这是曾经火山爆发后,酒店被侵袭留下的痕迹。在感叹自然能量可怖之时,我们头顶上空正在毫无预警地上演这次极光大爆发的终曲。

极光就在我们头顶的正上方,所以不再像是绸缎,也不是跳动的荧光海,而像一捧盛开的巨大花束,边缘的玫粉色光晕向四周倾泻蔓延。

朋友们突然安静下来。我仰着头,脖子也酸了,像是看到了宇宙的爆炸,光刃破开夜空,留着中间一抹黑洞,像要把人吸进去。

这几日看到极光的经历,像是一本徐徐展开的故事书,最终迎来高潮。改变任何阅读方式,都会毁了这个故事。如果第一天就让我们看到这样的景象,可能之后几天,极光跳popping(机械舞)我们都不会心动了。

当所有刻意暗成天幕时,最璀璨的光芒会自己坠入眼底。慢慢来吧,因为真正足够被铭记的,不是最好的那次,而是抵达最好的每一次。

我想,爱也是,人生亦如此。

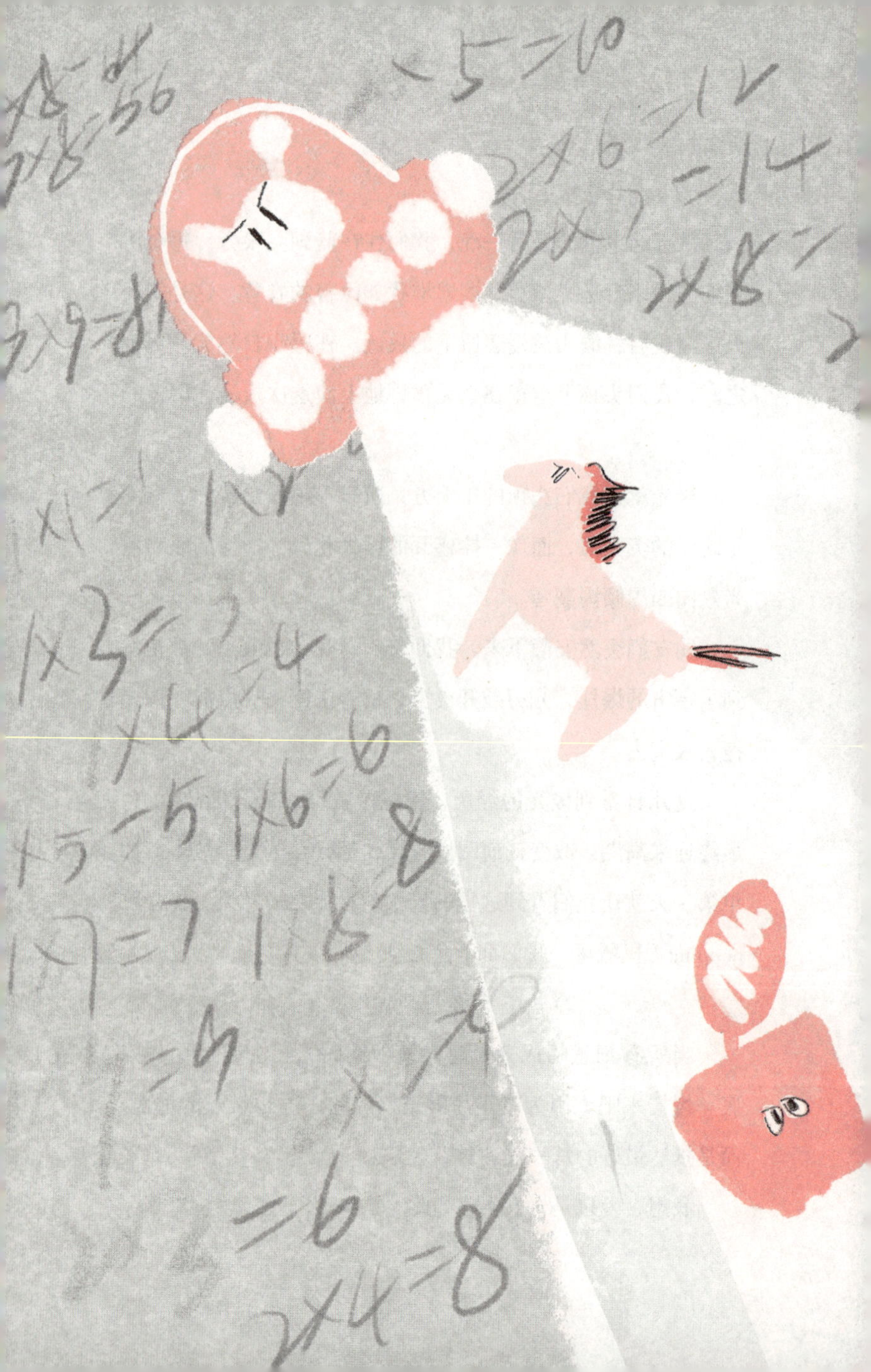

$3\times3=9$　　$4\times4=16$
$3\times4=12$
$=18$　　$4\times5=20$
　　$3\times6=18$　　$4\times6=24$
$=15$
　　　　$3\times9=27$　　$4\times7=28$
　　$5\times7=21$
　　　　　$3\times8=24$
　　　　　　　$4\times8=32$

关机睡觉，想要清净，大小事都别来烦我。

别问了

我身体的一部分

写书的时候习惯放点音乐,权当营造氛围。有时候沉浸在字句里太深,会忘了播放列表已经循环好多遍了。

曾有好几年的年度歌单被单曲霸榜,某首歌竟播放四百余次。后来习惯点开每日的三十首推荐,这个体量刚好,有时循环一遍,就足够撑起我一天中的写作时间。

听久了,算法自成茧房,不过这也是我为数不多甘愿被驯化的时刻。三十首鲜有"废歌",很多都能加入收藏夹,成为我的喜欢。

写作完毕,整理歌单时才惊觉,点了红心的几首歌,竟然大多出自同一个歌手或同一个作曲者。

重复被相似的曲风和声音打动,就像在深海捕捉到特殊频率的鲸群。原来,最汹涌的共鸣,常常来自陌生灵魂的迢迢共振。

今日的写作行至半途，被一首中文歌吸引，断了思绪。歌词正正掉进心里某个缺口，身体里泛起碳酸气泡般的酥麻。男歌手的声线温柔，简单的吉他伴奏像是穿堂风，适配楼下公园的一片春色。

男歌手的名字我并不熟悉，如同盲盒开出心仪的款式，我当即停笔将歌放进收藏夹。坐在窗前，点燃新买的线香，煮了杯黑咖啡，认真听完了他的整张新专辑。

在这个追求直接、快速，迷恋结果和回应的世界，音乐早已浓缩成一两句短视频中的高潮，新歌不再是新歌，而是重复翻唱那些嚼烂的经典。好怀念从前戴着耳机，对照着歌词本，虔诚地沉浸在音乐里的仪式感，那是一种心甘情愿的坠入。

恍然发觉我们都在对抗某种时代惯性，当世界沉迷于即时反馈时，慢热成了需要勇气的选择。

傍晚时分，点开微博，看到热搜里竟出现那个男歌手的名字。更巧的是，他今天结婚了。

照片里，是个俊朗美好的男孩子，与他牵手的女孩美丽大方，笑意满盈。新人眼底的光，让我想起所有未被磨损的真心。婚礼虽是人类构建意义的仪式，但每次看到新人交换誓言，哪怕我与主角素不相识，仍会被感动。虽然幸福的形态万千，但幸福的感受相似，两个灵魂决定彼此托付的震颤，我们都懂。

决定写下这篇文字，因为这个温暖的巧合值得被记录。同一天里，我爱上一首歌，发现一个人，然后他就像天使数字[1]一样出现在我周围，还让我见证了一场爱的回响。

真好，这个世界上其实有很多厉害的大人，他们用孩子般的真挚浪漫在贯彻热爱。只是我们没机会发现。

人都是经不住了解的。以前我总觉得自己太冷漠，对表达自己的想法有些敝帚自珍，害怕对一个作品、一个人或一件事发表态度会引起蝴蝶效应，索性懒得多说。但同时又会愤懑于网络上无端的恶意。

其实我很清楚，喜欢他们的人更多，只是很多人可能都像我一样，心怀善意但顾虑太多，犹豫再三，最后还是选择了沉默。相反，那些批评的话不用过脑子，道德门槛极低，打一些字就好了。毕竟在生活的泥潭里，没人真的希望看到有人能独善其身，如果可以，就当作发泄负面情绪，拉其共同沉沦。

---

[1] 指在生活中反复出现的数字序列。此处代指在同一天反复出现提到的有关于男歌手的事。

从今天起，我要去发现每一颗闪亮的星星。向它们投掷信号，告诉它们一定要爱上自己发光的样子。

我要在想念谁的时候，就立刻去找，用跑的。我们不说以后，没有下次再见。

我要将欣赏表达出来，永远有被别人打动的能力，而不是只会笨拙地昂着头，强撑那份高悬的骄傲。

因为我知道，被喜欢是人与人之间最温柔的精神角力。只需要一点点真诚的信号，就能托起在深渊里支离破碎的人。

想起那个男歌手在歌词里写：我会好好照顾这个我，原谅我的不堪和脆弱，悉心爱着身上的疤痕污浊，做自己永远的偏爱者。

他定是敏感的，我们很多人也是。

借今天这次温暖的邂逅，祝福一对新人，也为读到这篇文字的人，送上一份心意：希望每个敏感的人都能真正触及快乐，永远被偏爱。

噢，对了，他的那首歌叫《我身体的一部分》，谢谢这首歌陪我走过新书创作的一撮时光。

没写歌手的名字，因为我认为最好的记得，是自己去搜索发现，带着心意相逢。

养老畅想

还是到了和朋友们讨论养老的年纪。

畅想未来的居所时,所有人一致认同不会留恋大城市。虽然世俗意义上在北京扎了根,但我仍觉得以后不会留在这里。当初对钢筋水泥城市的向往,就像是刚热恋那会儿,爱得过于浮夸。现在只喜欢乡野,人最好少一些,谁也不认识谁。

某种程度上,也不需要一大群朋友住在一起。人与人走近了,反而困进迷宫,不必制造人应该一辈子在一起的幻觉。

真要到了老年,对手脚不便利的帮衬,我反而更信赖人工智能。

我想象的以后:藏在原木纹路之下的智能家居完美熟悉我的身体偏好,清晨让 AI 管家读诗,正午指挥机械臂修剪月季,入夜用全息投影续写年轻时未完成的小说,要是到时候还没发明出靠谱的护工机器人,落到被黑心护工殴打却无力还手的地步,那便知时候到了。

现代生活吵闹太盛,以为避开世界的热情,回到一个人的屋子,就可以寻得安宁。可打开手机,连宇宙今天发生什么都事无巨细推送给我。

关机睡觉,想要清净,大小事都别来烦我。人生下半场,要活得像个删繁就简的句号,不必再给热闹当注脚。

好邻居

刚搬到这个新家来时,身心是打开的,我像棵刚移栽的植物,急切地舒展所有根系,满心期待融入新环境。为了践行"好好生活"四字真言,置办了不少家居用品,其中那斥巨资买来的音响,在客厅欢快地唱了整整三天,结果物业来了电话,告知我接到了楼下邻居的投诉。

音响正播到我喜欢的歌,音量也算正常。我心想估计遇到了个难缠的邻居,无奈之下,只好默默将音量调到最小。

暖房派对那晚,朋友们的欢声笑语几乎要把天花板掀翻。送客时,门廊的灯光昏黄而温暖,不经意间,发现鞋柜上突然多了一大束鲜花。奶白色的花瓣裹着玫红色的边缘,像被晨曦染过的云霞。

这束花是楼下邻居送来的,旁边还附上了一张手写卡片:邻居好,这个房子的隔音效果可能没有我们想象中那么好,虽然你放的音乐都特别好听,也不想打断你们的快乐,可家里有宝宝,哄他入睡实在太困难啦。如果可以,烦请尽量小声一些。

字迹旁边,还画了个憨态可掬的打哈欠小人。

卡片的背后,贴着一整板圆形隔音垫,楼下邻居细心写道:把它们贴在凳子腿上,可以保护大理石地板。

这简直堪称当代打捞邻里关系的高情商典范,字字句句都让人感到舒适,我既感动又惭愧,脸一下子羞红到了耳根。

我连夜手写卡片表达歉意,还带了一瓶红酒下楼,没有敲门,也选择默默放在他们的鞋柜上。

鲜花配美酒,中国好邻居。

后来我们在电梯偶遇,他正推着婴儿车。在金属厢体缓缓上升的嗡嗡声中,我们几乎同时开口。

"宝宝睡得好吗?"

"那瓶酒很好喝。"

我们相视一笑的瞬间,电梯镜面映出两个略显局促、尴尬又带着几分诗意的中年(不然还是青年吧)男人。

小狗在想什么

看到一条主人和狗子的聊天视频，我不禁潸然泪下。

视频中的主人是一位国外的犬类行为学家，她养了一只名为巴尼的小狗。自巴尼幼时起，她便教导它通过宠物沟通垫进行交流。这沟通垫形似词汇键盘，不同的单词分布在各个按键上，只要按下相应按键，就会发出对应的读音。每当巴尼想要出去玩时，它就会按下"玩""出门"；要是身体不舒服，便会按下"痛""生气"。

有一天，巴尼凝视着主人，缓缓按下了"我""人类""动物"，它竟然在询问：我是人还是动物？

主人满脸讶异，随即通过按键回复它：我们都是动物，我是人，你是狗。可巴尼似乎对此感到困惑，它好像不太理解自己为何是狗，甚至在看到镜子里的自己时，也会向主人发问："这是谁？"

主人轻声回答："是巴尼。"

刹那间，巴尼停止了摇尾巴，陷入了长久的沉默。

许多天过后，巴尼又按下了一句更让人揪心的话："巴尼什么时候消失？"主人简直不敢相信自己听到的，声音哽咽地确认道："你是想问巴尼什么时候会死吗？"

巴尼没有回应，也不再继续追问，只是将爪子轻轻搭在了"love you（爱你）"键上。那个按键由于被按的次数太多，边缘早已磨损得发白。

视频里，巴尼的眼神满是惆怅，仿佛有一个强大的意识被困在这副身体里，它会不会因此而痛苦。毕竟，人类思考过多都会抑郁，更何况是一只小狗呢。

我泪眼模糊地翻看评论，一心想确认这个视频的真假。心情实在太过惆怅，既不愿相信它是真的，却又不希望它是假的。

好想告诉巴尼，其实无论是人还是狗，身份根本无关紧要。当你在每个深夜将脑袋亲昵地拱进她手心时，当有一天她在你手术单上签字后抱着你瑟瑟发抖时，你们之间的情感，早已跨越了物种的围墙。

至于你问的第二个问题，最近我看了一部韩剧，叫《比天堂还美丽》，剧里讲述了人死后的世界，真的有天堂存在。在那个天堂里，人类可以自由选择年纪，小动物也可以选择以人类的样貌存在。

所有曾认真活过的生命,尽管物理的躯壳最终都会回归大地,但灵魂会化作春风的一部分,在云层之上再次相遇。

见字如面

苏州定慧寺的巷子里,有一家文创小店。店内贩卖的皆是手写书法小物,诸如扇子、书签,以及装裱好的挂画。满墙尽是各色手写祝福语,随便拿起一幅画,都让人感觉能走运一整天。

我们逛到这家店时,已临近打烊。老板正在屋内打扫卫生,见我们进来,便放下手中拖布,招呼我们随意看看。

在琳琅满目的创意小物件中,一块空白的木制冰箱贴吸引了我的目光。老板说可以现场定制文案,随后在旁边宽敞的木桌前落座,桌上笔墨纸砚已然备好。老板亲自提笔书写。

满溢的仪式感让我们一行人热情高涨,纷纷挑选起自己的冰箱贴。老板从青花笔筒抽出支兼毫,轻轻蘸墨后笔走龙蛇。我们在一旁拉满情绪价值,逗得老板笑眯了眼。厉害的是,即便笑得开怀,他手中的小字依旧写得平稳,腕间的菩提串都不敢动弹。

货架上有两筐写在各色小卡纸上的吉祥话，可以压在透明手机壳后做装饰，每一句寓意都好，让人难以抉择。老板窝在桌旁，专注落笔，颈侧微微沁汗，仿佛在刻一方玉印，听着我们聊天，突然抬头说："那筐子里的随便挑，送给你们。"

我们忙不迭地拒绝，深知做生意不易，一定要为这份创作买单。

善意在空气中流动，我们和老板聊起生意经，建议老板将这些卡纸做成盲袋，这是现在流行的玩法。比起直接在筐子里挑选，若是能抽出属于自己的吉祥话，这就不只是一张手写卡纸了，而是一种命定的告白。

老板悬腕停顿，琢磨片刻后，用力点头，他大手一挥，说："店里的东西你们随便挑。"

我们直接被宠笑了。

轮到写我的冰箱贴。西园寺的日光仿佛忽然漫进店堂，想起今日在寺中大雄宝殿内看到的一块匾额，上面写着"佛即是心"，当下便将这四个字印在脑海里，觉得很符合我现在的心态——保持自观内心，而非向外求。

我告诉老板写这四个字，他看了我一眼，问："西园寺对吗？"我笑着点点头，他立刻说道："这个送你。"

我打趣问："其实你不是老板对不对？你今天最后一天在这儿上班，想说反正亏的不是自己。"老板也配合着接茬："对啊，写完之后，这桌子我都要偷走。"

实在太可爱了。

最后扫码付款像场温和的拉锯战。他故意漏算几张卡纸钱，我们偷偷多转二十元，互相僵持，朋友强行扫了码，才能逃走。

这家小店藏在深巷，与十全街、观前街上那些令人眼花缭乱的网红店铺相比，并不惹眼，可能我们聊着天，或者被路旁那棵开花的玉兰树吸引视线，就错过了。

苏州这座城市，短时间内我可能不会再来了，更何况这条不经意路过的小巷。即使再喜欢一个地方，告诉自己日后还会来，但人总是贪心的，在有限的生命时光里，如果有下一次旅行，有很大概率还是会选一个没去过的目的地。

今夜的美好就在于，因为你知道有些人此生都只会见一次，还是彼此给足了善意。我们在旅行的纪念票根上留下回忆的邮戳，老板正在卡纸上写着"彩蛋"，等着下一次经过的黄昏叩门。

园林舞王

三月的苏州拙政园,游览途中遇到正在拍视频的阿姨团。她们排着队,边走边跳舞,丝巾裹着香风从我们身侧掠过,舞步踏碎一池春水。

爱凑热闹的朋友与领队阿姨互相对上眼,尬起舞来。我们一行人被迫加入了阿姨们的视频创作。其中一位穿着黛青色旗袍、配着运动鞋的阿姨精准揪出划水的我,眼神中透着"阿姨觉得你可以",目光焊死在我脸上。

这种关怀,就像觉得我冷,逼我穿秋裤的亲妈。

被这灼热关怀钉在原地,我索性豁出去,扭出了魔鬼步伐。凭着六亲不认的自信,跳成了阿姨团中的领舞。

友人的爆笑声惊飞檐角麻雀,尴尬里竟然炸出一丝旅行的实感。说真的,此情此景,比满是游客的园林要有趣。

感谢活力四射的阿姨们毫不吝啬地往我怀里塞的笨拙热情,我发誓,以后绝不做死气沉沉的年轻人,但求大数据,请不要让我看到那条视频。

代购小张

近日沉迷国内外的陶瓷杯器，其中一大成瘾表现就是逛展。北京有一家每个月都会举办器物作者个展的艺廊，碰到高人气作者的展会，需要在线上预约，参与抽号，才有进场资格。偶遇作家在场时，还能拿着展览明信片求签名合影。

同事们笑称："你的读者们一定想不到，他们起早贪黑，在签售会现场排着队奔赴的那颗星，也在世界的另一个角落追着星。简直是一个闭环生态。"

身为追星人，我有个专门用来看器物讯息和抽展会资格的小红书小号。不怎么发内容，也不会因为喜好混圈，就自己享受这份爱好，更懒得结交新朋友——除了与我同期"入坑"的一位多年老友。

有一次，一个陌生女孩发来私信，问我会不会去某个作家的展会，能否帮她代购。她也认识我的那位老友，估计是在他的小红书评论区看到我们的互动，见我 IP 地址在北京，便直接来问了。

我确实会去那个展会,并且抽到了不错的场次。面对这种突如其来的热情,我手足无措。老友跟我解释说,这女孩就是对器物特别着迷,很喜欢这个作者。

我答应帮她,于是莫名其妙开启了人生第一次帮陌生人代购的副本。

当天在展会现场给她拍照片选款时,我像个初入行的代购菜鸟,口罩捂得严实,感觉店家总是狐疑地打量我,大概在想这人怎么跟挑嫁妆似的。我害怕被误会成"黄牛",越害怕手越抖,拍照都拍出一身汗。

最后我自己没挑中什么,只选了枚筷架,倒是帮她挑了好久,选了一套盖碗。

事后要转账,让她加了我微信。我没有小号,也不发朋友圈,自己的微信没什么私人信息,除了头像那张墨蓝色的风景照几年前在微博上发过,一般人根本不知道我是谁。所以我的微信比较像是个生活工具,没什么包袱,餐厅店家、柜哥柜姐、快递小哥、各国代购,来者不拒,在通讯录里和平共处。

老友突然甩来聊天截图狂笑,那姑娘将我的微信页面发给他,问这个人是不是张皓宸!他得意炫耀自己秒回"不是"。我抚额道:"你应该反问说,谁啊?"

他这个"不是",非常此地无银三百两。

我惊讶着这个碰上"熟人"的概率,自以为隐藏得很好了,结果还是被缘分碰了一趔趄。

所以就是这么奇妙地、很有可能地——给我的粉丝或读者代购了一套盖碗,并且此刻我正给盖碗裹第三层气泡膜,已经叫好了快递,准备寄给她。

我和老友打趣说,因为今天那女孩本人没来,按照艺廊的规定,我不能代领作者的签绘,所以很遗憾,她没拿到那张亲签的明信片。如果之后这个女孩亲自来问我的身份,我不会回她,但给她寄盖碗的时候,我会送上一张自己画的明信片,再给她签一句话:喜欢器物的大人,都是温柔的小孩。

故事可爱的地方在于,这个女生至今都没有问过我。

她收到盖碗后,友好地表达了谢意。再往后也就有一搭没一搭就杯器聊上几句,我都很认真地回复,假装什么都不知道。

我想把这件可爱的趣事写进书里,不管她是不是我的读者,如果有一天她看见了,欢迎来问我要一张明信片。

限定贴纸

常去吃朗园的一家乐山川菜。每次服务生都会问菜品意见。最近的一次，凉面拌得过油，咬一口，所有味道都被香油味掩盖了。

我们善意告知服务生，她连声道歉，表示凉面可以免单。我摆手笑说："下次改进就好了，其他的菜品依然好吃。"

用餐过半，服务生又来说脑花包浆豆腐售罄了。她很不好意思，满脸愧意，觉得告知我们太迟了。其实我们已吃得八分饱，谁都没计较。结账时店家主动给我们打了折，还送了每人一大杯冰镇酸梅汤。

可能因为喝了点啤酒，朋友们大方地笑着感谢道："你们这么会做生意，怎么可能不发财。"店家笑得合不拢嘴，互相给足了情绪价值。

喜欢这种被认真对待的时刻。生活中已经受够了被忽视,越熟悉的人越容易给你意想不到的冷漠,反而到了这种消费场所,有人能给你一点偏心的尊重,为你修正一碗面的咸淡,都能让这副当惯了牛马的"尸体"飞速回温。

这日子虽然过得破绽百出,还是有那么多时刻,值得被妥帖安放的。

朋友看见酸梅汤杯身上贴着一枚贴纸,我转过杯子看,贴纸上写了一句话,心上的茸毛瞬间挠我痒痒。

临走时,我厚着脸皮找店家要了一张同款贴纸,回来后贴在了书桌旁地球仪的底盘上。

此时,我只要抬眼便能看到那句话。

"每一天都是人生限定。"

等春天再说吧

我的公众号有一个固定的答读者问的栏目。

保持着平均每周一更的节奏,做了七年有余,算算已经回答了上千个问题。这些问题大多围绕学业、情感困惑和人生选择。那时我不过二十来岁,却俨然一副知心大哥的样子。虽说度他人时也在度己,但回看这些系在渡口的纸船,多数仍在命运的暗涌里打转,实在难以确保已将他人带去了正确的岸上。

最近一年,问答的更新频率降低了。并非我想不出答案,而是变得越发冷漠。别说隔着屏幕的读者,就算是身边亲近的朋友问我"你怎么看"这类问题,我也会自动免疫,只是静静倾听,让他们多说一些。其实,问问题的人,往往心里早已有了答案。

对于干涉他人因果这件事越发有感触,聪明人不用劝,装睡的人是劝不醒的,他所有的经历都是命运应该让他经历的，我还有自己的人生任务要完成，实在没有心力再操心别人。

坦白说，一个人到了一定年纪，他做的每个选择，都映照着过去的生长环境、原生家庭和童年经历。此刻做选择的，不只是当下的他，而是从过去一路走来的每一个"他"，面对类似问题时，总会做出重复的选择。那本缺页的连环画，很多人走到缺页的书角上，以为就是故事的结局了，于是掉头回去，重新走过，然后再次回到缺页的地方，如此循环，直到用了好几辈子的时间。

就像很多故事中，在不幸的婚姻影响下，孩子最终还是选择了一个不爱自己的人，重复着不幸。除非某天他们自己愿意略过残缺，接受缺失的页面，才会明白，其实缺的那几页，根本不影响阅读。

在此之前，旁观者给的善意很容易被消解，甚至最后还会遭人责怪。

所以，我不再轻易劝人离职、分手、绝交或是离婚。就像写这本书时的心境，我更愿意分享一些温柔的瞬间和纯粹的起心动念。如果有人能捕捉到我抛出的这些如同空中杂质般的思绪，收到就好，权当一种信号，或者像睡不着时数的羊也行，抑或膨化食品、香皂、植物、手臂上的鸡皮疙瘩、青春痘、温热的洗澡水……什么都可以。我不想思考抛出去的东西,它到底是什么,又会去向何方。

要是再有人问我怎么看,我就躺着看,找个最舒服的姿势看。面对所有让我困扰、难以跨越的问题,我只有一个回答:等春天再说吧。

放纵日

过了三十三岁之后,明显觉察到身体切换成节能模式,于是顺应身体的感受,调整了作息与生活习惯。晚上十二点前入睡,生物钟在早晨八点温柔振动,少喝冷饮,认真对待每一顿早餐。

上午的时间多是用来思维放牧,听播客、看书、追剧、看综艺节目或者访谈。中午时分,只要天气不错,通常会选择出门觅食。打卡了好几家餐厅之后,我发现偌大的北京城才不算是美食荒漠,分明是一盘被低估的七巧板,每一块拼图都隐藏着独特的美味。虽说出一趟门,用在路途上的时间较多,但捎带逛公园、抽盲盒、买下午茶,这些取悦自己的事都能一并完成。而且出门散步,就当作给自己做一次小型的身体按摩,毕竟长时间困在家中,筋骨和身心都容易感到疲惫。

下午回到家,我一般会开始写作。灵感丰沛时就一路畅通写到入睡时间，可要是思路屡屡卡壳，我也不再勉强，干脆看会儿手机。看看喜欢的直播间里，卖多肉植物的主播正给植物细心喷上水雾，陶器作者又推出了一批让人抢破头的新品杯子。就这么坐在书房，任由文档开着，直到电脑因长时间不操作，屏幕自动熄灭。这么多年了，我早已明白，没必要和灵感较劲。

仪式感是成年人为自己打造的铠甲，抵御着名为"失控"的怪兽。之所以保持这样井井有条的秩序感，是因为心里认为这样的生活方式是好的，才能一直坚持执行。但如果有一天身体病了，状态反而更差了，或者工作毫无成果，自身也没有获得正向的成长，那我会很挫败。这种情况带来的后果，可能会比失控更严重，感觉生活就像突然暴发了一场微型雪崩。

所以在保持看似高质量的日常之下，我也会特意安排自己的放纵日，定期给自己松绑，适当乱来。比如刻意熬夜，躺在床上用最舒服的姿势看手机，有时看吃播，有时就看些搞笑视频，整蛊的、滑稽的，没有任何营养但就是能精准地挠你痒痒。第二天一早，即便生物钟已经醒了，我也会强迫自己睡个回笼觉，临近中午才起床，连脸都懒得洗，直接点个外卖，任由那些不太健康的食物填满肚子，把胃撑得饱饱的。接下来的一整天，既不思考人生，也不做对社会有用的人,就这么赖在沙发上,一口气把一整部剧追完,再给自己倒上一杯加了好多好多冰块的可乐。

生活也需要畅快地呼吸,如此这般,才值得我们为之再战三百回合。

拍月亮

在手机相册里搜索"月亮"这个关键词,截至目前,一共已经拍了五百七十九张月亮的照片。

对月亮的狂热,始于疫情封控的那年。大概因为当人类被禁锢在水泥格子间时,我们面对可能一无所有的窘境,便什么也不期待,只想好好活着。夜幕将至,还有能力抬头多看一眼月亮,也是一种幸运。后来,连新书也取名为《抬头看二十九次月亮》,仿佛多仰望一次,就能从月亮那里赊来半分天地的辽阔。

收集月亮成了我的旅行仪式。但凡看到带有月亮元素的物件,就忍不住想买回家。当然,拍月亮的照片更是必不可少:大理民宿露台上,满月如银盘,浸在洱海之中;天坛祈年殿的檐角,钩着上弦月,宛如匠人刻琢的镰刀;冰岛极光里,冻僵的月牙恰似被咬过一大口的薄荷糖……这些与当地建筑或风景相互交融的月色照片,每一张都成了绝版的旅行纪念。

　　月亮的阴晴圆缺，在一个月的每一天里各自呈现独特样貌。再加上天气的瞬息万变，今夜是多云蔽月，还是晴空朗月，每次抬头所见的月亮都截然不同，如同在拆盲盒，且永远不会拆到重复的款式。

　　在北京的日常生活中，要是碰上持续的糟糕天气，往往好几天都看不到月亮。然而，偶然在一个初晴夜，掀开窗帘撞见清辉，我迫不及待地踩上飘窗，打开窗户，任夜风吹得人精神抖擞，手机镜头在慌乱中对焦。

　　那夜的月亮，被一层薄云温柔环绕，周遭散着一圈如梦似幻的七彩月晕。当手机成功捕捉到这一幕时，就好像捉到了一场即时发生的小奇迹。

秀英

去年在景德镇，我刻意避开了商业味浓的地界。虽然在乐天市集跟着朋友淘了几个手作杯，但真正被击中的瞬间，是在雕塑瓷厂某个不起眼的角落——几个大学生模样的摊主正守着他们的陶器。我和他们聊了很久，关于泥土、火焰与器物的生命轮回。

我握着一个粗陶杯，听他们边抱怨炸窑的糟心，边笑着自嘲，那一道道裂痕可都是窑神给的吻啊。

我也忍不住体验了做陶器。在老师帮助下，勉强拉出个杯壁厚实的马克杯坯。虽说我会画画，但画在素坯上完全是另一回事，颜料进窑后就像拆盲盒，烧出来的颜色总在预想外游走，色感很难把握。

捏着那个歪扭的马克杯坯，我暂时打消了在这个领域创作的念头。

还是安心做个幸福的客人吧，艺术需要莽撞的勇气，而我更擅长虔诚地消费。

拐进小巷深处避开人潮，一家不起眼的陶器店撞进眼帘。货架上密密匝匝挤着手作陶器，像一群争着讲故事的孩子。店内没有别的客人，看店的是一位穿着红色碎花衬衫的大姐。

突然我被一只杯子勾住目光，釉色像被晚霞烫伤的云，杯身绘着抽象鸟形线条，既像三星堆面具上的图腾，又像小孩在车窗上哈气乱画的涂鸦，非常有灵气。

翻看杯底，笔画工整地签着三个大字——"王秀英"。我一时间没反应过来这是作者签名，脱口问："王秀英是谁呀？"

柜台后的大姐抬头笑道："是我。"

我震惊不已。原来这家店是她女儿和女婿的，大姐退休了，偶尔过来帮他们看店、烧窑。后来看得多了，便学着揉泥拉坯，兴起时在素坯上涂画几笔。女儿觉得成品甚是可爱，就也拿到店里贩卖了。

秀英用手一指，告诉我旁边满桌子奇异形状的陶艺雕塑也是她瞎捏的。

我几乎愣在原地，怔怔地看着她和极具辨识度的作品们。恍如看见我退休的父母，看见越来越怯于表达的自我，甚至看见大姐独自坐在陶泥飞溅的工作台前，那是一个惬意的午后,年轻人还困在社会时钟的齿轮里忙碌着,而她在自己的"忘我界"里创作故事。

每个普通人的灵光乍现,都是文明长河里的吉光片羽。

那只杯子随我回了家,我用它喝过庐山云雾、双倍美式,还有冰镇饮品。器物真正的神性不在展柜里,而在于掌心摩挲杯身时,体温与陶土相互触碰产生的共鸣。每次看到那些在釉面里流动的灵气,我总能想起与秀英大姐在那家小店的相遇。

后来某次清洗杯子时,不知道是磕碰还是冷热相激的缘故,杯内裂了一条细缝,我很是心疼。网上说有裂缝的杯子最好别用了,但我也没想过扔掉它。

近一年过去,我还是会偶尔用它喝东西。直到有一天,我发现裂缝里沁入了一道茶渍,棕褐色的纹路在瓷白色的杯壁上蜿蜒伸展,就像宇宙中诞生了新的星系。

及时止损

有一个一九九八年出生的朋友，自打去国企上班后，每次见到他，都是一副没睡醒的样子。记得初识那年，恰逢北京环球影城开幕，他站在花车游行的队伍里，戴着小黄人头套与演职人员热情互动，眼睛里住着星星。可如今，那双眼睛就像被暴雨狠狠冲刷过的路灯，只剩下湿漉漉的倦意。

他好像对所有事都丧失了兴致。我们这些"80后""90后"，对可爱的盲盒毫无抵抗力，爬山看到美景，吃到喜欢的食物，都会兴奋地尖叫，而他对这些毫无波澜，快乐的阈值高得离谱。甚至在坐过山车向下俯冲时，高速摄像机拍下的纪念照里，他都能做到面无表情、无动于衷。

有时聚会我们聊灵魂天，他因缺乏人生素材参与不进来；聊八卦吃喝，他也只是低头玩手机，不发一言。

其实，判断一个人状态好不好，从他在社交时是否频繁掏手机就能看出来。

他身上的"班味"太浓。问起原因，大概是这份工作机会是公司前辈引荐的。结果进了公司，他不仅要伺候好自己的直属领导，那位前辈也时常给他布置任务，以致该他做的、不该他做的，他通通都得做，几乎二十四小时待命，还得双线汇报，就像在伺候两尊大佛。一周看似有两天休息，可周末的琐事却最多，而且从不提前安排，总是临时一通电话打来，手机振动的频率比心脏早搏还突然，以致他现在听到电话铃声都会条件反射地头疼。

他晃着杯子里的啤酒沫，闷声说道："身体累点倒没什么，心累才是最熬人的。"

终于，年终奖到账后，他辞职了。

再次见到他，是在他辞职的一个月后。他把鬓角剃短，重新露出了健身后的肩颈线条，眼睛里又有了光彩，整个人帅气回归。能夜夜好眠实在太重要了，熬不熬夜并非关键，能保持自己习惯的作息，一个人的状态就能有所改善。

问起他下一步的打算，他说他以前当过兵，打算先把体能练回来。刚好有朋友在做体育类的MCN（内容机构）公司，他想往垂类博主方向努力试试。他初步了解过，基本上备好一台手机，写好脚本，再加上剪辑APP，就可以上手了。慢慢来，总比过去一直提心吊胆等着电话铃声响起要好。

那天我们聚餐，他的手机全程倒扣在桌上。窗外春雨敲打着霓虹，恍惚间，我仿佛看到一个站在盘山公路尽头，对着云海悠然吹口哨的青年。

之所以写他，是因为这几年我自己也有类似的人生体验。如果遇到那些让我持续性焦虑、消耗我能量的人或事，我一定不会继续坚持。不是说没有一点抗压能力，这与压力和困难是两码事。迎难而上，顶住了压力，说实话心里会有一种暗爽，能让人在肌肉酸痛的踏实感中酣然入眠，但如果是纯粹耗费能量的事，我就不奉陪了，被迫吞咽玻璃碴，吃得身子和灵魂满是孔洞，实在得不偿失。

人生总有解决办法。一件事做累了，就去做另一件事，哪怕是硬着头皮开始，莽撞的开端也总好过精致的僵持。行动本身会分泌解药，做着做着，答案或许就有了。

我见过太多人举着沉没成本的盾牌，或是害怕变动，提前焦虑恐慌，像攥着过期船票在码头徘徊。这么耗下去，或许也不是完全没有收获，但那点可怜巴巴的收获，反正我是不想要的。

我可舍不得在年轻的时光里，拥有此生最糟糕的感受。

目度

看了一部电影《猫猫的奇幻漂流》。这本新书定稿时,它已经获得奥斯卡最佳动画长篇奖,在国内也上映了,虽然票房寥寥,讨论的声量不多,但它仍是我这两年私心偏爱的动画之一。

喜欢的动画会来回看,宫崎骏和皮克斯的每一部作品我都烂熟于心,今年的《哪吒2》也看了三遍。好的动画,能在每个年龄阶段都看出新的感受。

唯独这部《猫猫的奇幻漂流》,看过一遍就决定暂时放下,我在心里幻想了一个上锁密封的盒子,将感受妥帖地留在第一次,不愿破坏。

电影讲述世纪末的洪水来临,由一只小猫组成的动物小队在这场漂流中各自有了不同程度的成长。敏感的小猫、忠诚的狗、贪财的狐猴、装睡的卡皮巴拉,皆像人类,天性带一点瑕疵，明明尾巴都被生活压扁了，还要假装毛茸茸般的可爱。

如果用东方哲学的命题来解读这部电影，那循环往复的洪水就如同我们的轮回。众生之中，有人开悟解脱，有人却深陷贪瞋痴的泥潭，愚钝地重复着生活，执迷不悟地迎接下一场潮汐。

故事的旅程中，猫猫可以不用太合群，但是找到了属于自己的那一群。更高的维度里，只有鹭鹰选择放下抛弃它的同族，折断羽翼，毫不留恋，不重复自己的悲伤叙事，最后站在山顶，被一束光托举升入天空，是宇宙召唤它回了家。

原来，命运的剧本是允许中途退场的。

临近片尾，动物的世界再度涨潮。我想起老家总在梅雨季返潮的墙根，永远有霉菌暗自滋生。或许我们都是泡在生活洪水里的微生物，重要的不是何时靠岸，而是别让自己在循环的课题里发霉变质。

电影的英文名叫"Flow"，对于我们的原生问题、面对的社会规训以及发生在身上的悲剧，如果我们意识到了，其实就拥有了选择权。

我们不是只能持续悲伤、陷入自证，而是可以选择逃离、放下，跳出这重复的 flow。

朋友们，自度吧。

读你

在电台里听到微姐的节目,她的声音还是那么好听。我在《抬头看二十九次月亮》那本书里写过她。那个因为足够敏感,而让自己的世界繁花盛开的女人,最近结婚了,还是异国恋。

印象中,如果要为她做人物画像,我笔下的这个女人,像一本摆在书架上封面就很抢眼的书,开篇几页读起来就足够精彩。她的人生履历随便截取哪一段,都可以成为爆款短剧的素材。

当然,更精彩的是她讲述自己故事的能力。

我喜欢和她聊天,她的叙述逻辑像在写电影剧本,必要时反转,抑或温柔一刀。比如她淡淡地说起自己曾经出版过一本图文书,书中的摄影图片都是当时她在滚石唱片做企划时认识的一位负责侧拍的同事拍摄的,后来这位侧拍同事成了很厉害的导演,就是宁浩导演。

电台节目里，其他两位主持人同时发出惊叹。

要是换作我口头讲述这个故事，怕是一上来就忍不住先抛出王炸。扯远了。总之，她的聊天话题里常涉及神性、哲学和心理学，和她聊天能充能，还能免费捡写作素材。

相见恨晚，微姐在北京生活了这么多年，我没来得及多收集些素材。她常打趣说，和我要好的时候，她的人生已经走下坡路了。虽是玩笑话，但我知道这些年她确实经历了事业停滞，两次破产，还饱受抑郁的困扰。在这期电台节目里，她也毫不避讳地和听众提及这些心事的碎片。

我们共同的朋友也听了这期节目。喝咖啡时，聊到微姐，他问我："你说微姐明明这么通透灵性，什么道理都懂，卡住她的到底是什么？"

我说："她没有被卡住，只是从成功学的叙事看，好像搞砸了，但如果将时间线拉长，回看她这半生的存档，这烈度与密度比我俩精彩太多了。"

社会的功利教条之下，我们上学为了高考，工作为了买房，恋爱为了结婚，每一天都在为未来储蓄。稍有行差踏错，就会被指正，被评断。

能不能有个人认真告诉我们，你会死的哟。这一生究竟是享受一场单程旅途，还是透支自己不停爬上那些别人设定好的岸。

看过微姐写的一件趣事,有一日上海的梅雨天,她伴着心绞痛在家里拉大提琴,楼上的邻居在小区的群里@她,问她:"是您在拉琴吗?巴赫无伴奏,在这种天气里,真是太好听了。"她当然知道自己的大提琴水平几斤几两,但这种突如其来的善意投喂,让她阳光了很久。

我相信她最近只是在书写自己人生中一段她认为很重要的重头戏,所以内心潮湿,字斟句酌。

尽管她这本书已经够好看了。

这样的话其实我们和她说过太多遍,绝对不是敷衍的安慰。但人或许在某些阶段,会听不太清楚身边人的声音。所以我写了下来。

我也知道,正在看这些文字的人中,一定有很多个"微姐",此刻正在经历自己的叙事。

有些人只活了一天,然后重复一辈子,有些人真的活了一辈子。抛开那些人人雷同的情节,你一定有专属于自己的故事,那些故事,是你这本书被翻阅和被记得的原因。

怪声怪调

与朋友们玩耍时，我会发明一些语调怪异的语言。听起来像是粤语与川普的混搭，或者在普通话中间夹杂一些原创的程度副词，以此来表达自己在吃到美食、买到心仪好物或是撞见美景后的一连串心情。

比如"qūn"的用法：当觉得一样东西特别好吃时，我会说成好"qūn"吃啊；提议去买杯咖啡，也会变成买杯"qūn"咖。这般表达，乍一听纯粹像是在卖萌，可我总觉得，这就如同我们之间独有的密电，让相处的每一刻都变得格外亲切。

到了如今这个年纪，渐渐发觉，即便再要好的朋友，也难以时常相见。二十来岁时，发条微信便能召唤满城灯火，现在大家都深谙如何取悦自己，享受独处带来的自在，追求高质量的社交，那种整日腻在一起的友情，反倒不再是必需品。成年人的体面，在于适当保持一点距离，给彼此的关系留下恰到好处的留白。

那些平日里散作满天星的朋友，好不容易相聚时，便开始操着怪腔怪调热聊。在旁人眼中，我们就像几个彻头彻尾的疯子。

生活中谨言慎行，一本正经的话说太久了，偶尔来些这般疯人的胡言乱语，又何尝不是一种诗意呢。重要的是，当有人能认真地以同样的怪腔怪调回应你时，这个人一定会是你一辈子的好朋友。

花篮

旅行时,我最喜欢逛文创小店。

总觉得那些看似简单的物品,其实凝结着一座城市的审美。

去年年尾,我买了一本二〇二五年的手绘日历。它巴掌大小,每天撕一页,每页都是不同的手绘插画。

它常驻我的书桌左上角。即便我有时候没心思写东西,一整天都不碰电脑,也会习惯性地抽空在书桌前赖一会儿,只为撕开新的一天,看看今天拆开的插画盲盒是什么模样。

这仪式感极强。

四月十五日生日这天,我特意等到夜里十二点,"刺啦"一声扯下昨日,揭开今日的封印。只见纸上竟绽放着一个装满鲜花的花篮。

那一刻,感觉宇宙都在庆祝我的存在。

回忆放映中

常用的视频剪辑软件有一个功能，它有许多大神网友制作的现成模板，只需选好自己的 live（实况）图或者视频片段，就能轻松生成一段包装精美的 vlog。根据选取素材数量的不同，成片长短各异，操作极其简单，完全无须精心布置机位拍摄，不用对着镜头絮絮叨叨，也不必绞尽脑汁思考如何转场，更不用费心添加花字、校对字幕。

在我这里，它是继美颜软件之后的又一伟大发明。尤其适合我这种既想记录生活，又不愿刻意为之的矫情之人。

我将这些长短不一的视频都放进一个统一的文件夹，起名为"航行至此，忙于天真"。如今文件夹已经存了近百条视频，从未在网上发布过。

它们大多是我在北京的生活记录，或是去往世界各地的旅行碎片。从前在微博上陆陆续续发过几十条精心剪辑的 Vlog，说实话，那些几乎都是在工作间隙或是专程策划拍摄而成的。在真实的日常生活中，我向来独来独往，身边没有同事相伴时，实在懒得刻意去构思脚本、拍摄，还要盯着剪辑。

尤其是出远门，带着任务的旅行像工作，我害怕自己对旅行这件事祛魅。所以只要没有发布压力，我就随性地按心情记录。晚上回到住处，花几分钟时间整理相册，如果有素材，就丢进视频剪辑软件，几秒后，一条仅自己可见的vlog就诞生了。

有了这些回忆傍身，日子好像也就丰满起来了。我会定期反复观看它们，观看场景一般是在没有信号的飞机上，或者很正式地投屏到电视上，权当欣赏自己的作品。每当遇上低能量时刻，我就从记忆的匣子里抽出几段视频，把褶皱的心事顺势折成纸船。这些电子药引，仿佛能托举起锈蚀的锚链，让我重新爱上这摇摇晃晃的人间。

人都好讨厌，总是习惯选择性记忆，好像痛苦的事都记得格外深刻，而那些美好的回忆，却常常变成清浅的照面。我渴望确认，在过往的大多数时光里，我是被快乐持续滋养着的。

疫情结束第一年，我在普吉岛写书。正沉溺在阳光灿烂的随想中，抓拍到一只飞进房间的蜜蜂，它的翅膀不住地碰着木门框，发出的振颤声，混着键盘敲击声，录成了天然的

ASMR[1]。在迪士尼乐园，我痴痴地站在巡游围栏外，喜爱的角色玩偶远远跑来与我击掌；在金泽的茶屋街，我大咬一口金箔冰激凌，那刺痛太阳穴的甜蜜，至今还在神经末梢放电。还有公园里蓝色尾羽的鸟，树叶摇晃出风的形状，城市的初雪，以及伴着自己走音录下的演唱会片段，肉眼可见的绚烂极光。

其中最珍贵的，当数那条筹备了一年的"打滚合集"：我让随行的朋友或者路人帮我拍摄，在雪地里、落叶堆上、草坪上打滚，一直滚到下一个春天。

感谢过去的自己，有心珍藏这些时光切片，它们是未被点赞束缚的真实记忆指南，更是向漫长岁月里伸出的无数宽厚手掌，足以接住每一次快要坠落的我。

原来，我也曾拥有这般纯粹的时刻。

---

1 一种可以让人感到放松、愉悦的环绕声响。

相由心生

觉得自己有种超能力——看人很准。

初次接触一个人,只消看其面相,便知是否容易相处,甚至能不由自主地脑补出许多发生在对方身上的大小事情。有些人,单单是那张脸对着你,就能让你不自觉地被吸引,恨不得立刻融入他的生活。并非单纯因为五官好看,而是一种难以言喻的舒适感,有时像小动物般灵动可爱,有时又似植物般静谧亲和,总之就是让人忍不住想要靠近。

反之,有些人即便将外在收拾得极为妥帖,可眼神却总是闪烁不定,整个人仿佛空洞无物,面对这样的人,你连一句话都不想和他多说,心里默默念叨着:千万不要和他有太多交集。

一个人的情绪状态、近期的生活状况、精神层面的力量、教养如何、是否造过口业、读过哪些书,以及有没有爱与被爱的能力,这些都会写在脸上,从毛孔里自然而然地渗出来。

你注意观察,长期处于焦虑状态的人,即便笑起来,苹果肌都是紧绷的;而真正被爱滋养的人,哪怕素颜,眼角的细纹都透着舒展。就像上周在地铁上遇见的一位老太太,她扶栏杆时翘起的小拇指,瞬间让我想起了外婆。一聊才发现,她也爱听戏曲,包里永远装着糖。

想起有读者在公众号里问我,一个你爱的人和一个爱你的人应该选哪个?

我答:选长得好看的那个。

别笑,相由心生是真的啊,朋友们。

线上逛街

很久没逛街了，主要是对衣服鞋包丧失兴趣。对城市的需求，渐渐简化成有"好吃的"和"人少的公园"就足矣，偌大的北京城，在我眼中，最终竟像被压缩般，坍缩成了食堂与后花园。

直至新书签售的日子临近，才惊觉该去置办两身像样的衣裳。我向来钟情于独自扫街，不必迁就谁的步调，更无须解释为何在玩具店流连半小时却对时装店走马观花。若非要形容我的购物风格，大概是狙击手式的精准，锁定目标，果断扣动扳机，而后迅速转战咖啡馆续命。能跟上我这般行军节奏的，必定得是有过命的交情的人才行。

这天，难得去一趟宇宙中心，三里屯已经翻修得让我全然陌生。南区地下购物街里，增添了许多品牌店，从前常光顾的影院也已换了东家。选在工作日前往，商场里没什么人，空旷的走廊上，夹道欢迎的都是各家店里的销售员。我贴着墙根快步走,却依旧躲不过那此起彼伏的热情话术。服装店如今都得努力揽客,实体经济的艰难可见一斑。

那一路逛得实在不自在,我只能强迫自己匆匆扫过各家门头,根本不敢与销售员有眼神交汇,生怕一个对视,就被强行"热启动",招架不住那过分的热情。

有些门店的装修看不出是卖衣服的,门头的金属流苏与镜面墙晃得人睁不开眼,不知情的,恐怕会以为是个摄影棚。

鼓起勇气推开某扇雾面玻璃门,销售员围上来,说拍照打卡,送袜子。我弱弱地回应:"我就想看看衣服。"接下来,那销售员一直盯着我,只要我指尖滑过的衣服,一定有她凑上来的一句:"喜欢可以试。"

我真的只是想看看,我也知道,衣服是可以试的。

最终,我还是被这阵仗吓得回了家。

到家后,我打开冰箱拿出冰镇饮料,把空调调到二十三摄氏度,音响里恰好播放着喜欢的音乐。我慵懒地瘫在沙发上,打开手机里的各类购物软件,搜索一个关键词,仅仅一秒,页面就整理好了我可能会喜欢的款式,只要喜欢,可以一直挑选下去。

夏天到了,最快乐的事之一,买衣服比较便宜。

好几件衣服不确定尺码和上身效果,那就都买回来试试,不心疼。要是有不合适的,还能退货,运费险就像一张温柔的免责声明。这便是独属于数字游牧民族的自由,既无须忍受实体店那灼人的审视目光,又能尽情享受即时满足带来的欢愉。

  此时,穿堂风轻轻掠过脚踝,突然觉得这个时代其实待我不薄。

别盘算了，只管朝春天去吧。

不赶了

随他

不想再随意去改变别人,是因为你不知道,那个人如今呈现出的模样,已是他费尽心力所能做到的最好状态了。

所以要是遇到与自己三观相悖的人,那就选择远离,就好比你不喜欢烟味,那就去找一个不抽烟的人,而不是去要求那个人戒烟。

只乘凉不种树,只筛选,不改变。

爱这门课

爸妈都退休了，自此开启了人生真正的高浓度相处模式。只要无所事事，几乎二十四小时都在一起。

他们的日常变得很像循环播放的情景喜剧。我妈举着沾上茶渍的马克杯，一路追进书房，对我爸展开声讨，而我爸则把正在看的短视频音量调到最大，试图盖过她的唠叨声。阳台的拖布一倒就是三天，两人蓄劲谁先扶（服）谁就输了。开车到底是跟导航走还是凭记忆走、烟酒到底能不能戒、打麻将输了钱还要不要继续打……诸如此类细碎的事，总能被他们嚼碎了瓣扯个没完。

离家这十几年，我很少单独给我爸打电话，他只有在我妈的电话里凑两句的份儿。凑的两句，往往到最后都会演变成他们的互呛。然后我就不需要再说什么了，在电话这头开着免提，自顾自做自己的事，听他们开始小学生吵架。

我爸嫌我妈絮叨，管他管得太紧，让他有些窒息；我妈也委屈，觉得我爸年轻时挺有趣一男的，怎么退休后反倒无趣了呢。抱怨他不收拾，不浪漫，也不听她说话。

事实上，我给我爸讲的那些大道理，他倒是听得津津有味。我劝他少抽烟，珍惜身体机能最后的灿烂时光，他点头如捣蒜，不管烟戒没戒，那态度积极得很，事事都有回应。

我与我妈的相处就更不意外了，我爸的那些"美好缺点"被我完美继承，做事有前手没后手，眼里没活儿，我妈看着我满屋的凌乱，心甘情愿为我收拾。她问我："还有一只袜子呢？"我找了一圈，尴尬地回她："不然你叫它一下？"我妈被逗笑了，甚至觉得这儿子怎么还这么可爱呢。我打趣道："你看，要是我爸袜子乱丢，你肯定就拿他开涮了。"她被我这话堵得语塞，努力撑起盈盈笑意。

所以撂下结论，距离产生美，再好的关系也别走太近，两棵根系相缠的老树，也得保持冠距，挨得太紧就遮住阳光了。

今年春节回家，我妈在拼乐高，我爸看着短视频，外放声里夹杂着激昂的解说，我妈开始碎嘴，我爸还嘴，于是两人细数起对方的种种毛病。这场面比春晚节目还热闹，我实在觉得吵，便拉着板凳横坐在他俩中间，问："要是过不下去的话，不然就离婚吧。"

他俩瞬间定住十秒，接着对我一顿胖揍。

本着退休后可持续幸福的总方针，我提议他们玩个游戏：互相说出对方三个优点，且一方没说完之前，另一方不许插嘴。想好再说，要求简短，只说优点，不许掺杂一点抱怨。

我妈挑着桌上的乐高零件，故意不看我爸，没多做思考，直接给答案，流畅得像在念颁奖词。她觉得我爸很有责任心，无论是对她，对这个家，还是对工作；孝顺，且是没有分别心的孝顺，对她这边的一大家子人都很照顾；性格也挺好，至少这几十年挺开心的；她对我爸很放心，和他在一起，有安全感……

我打断我妈，已经超过三个了。

听完我都感动了，连夸我爸，说我妈眼中的这些优点，足以让他跻身第一梯队的男性行列。我爸抬眼盯着她，孩子气地嘟囔道："这些年，咋从来没听你说过，我都没觉着自己这么好呢。"

我妈烧红了脸。他们这一代人，习惯正话反说，明明感受到了十分的爱意，说出口却成了百分的唠叨，总是词不达意。

轮到我爸了，他放下手机，认真琢磨了好一会儿，终于，清了清嗓子。我眼角余光瞥见我妈还在佯装若无其事地拼乐高，可一块积木在手心已经攥了很久。

我爸郑重其事道:"第一点,顾全大局吧!"

我愣住了,对我爸眼神警告。第二点呢?在我的死亡凝视下,我爸声音变小:"第二点……听……听话。"

我一口深呼吸。妈妈打断他,冷冷地问:"第三点呢?"

爸说:"这两点还不够啊?"

我妈要掀桌了。

我实在忍不住,笑出了声,这节目太好看了。

终于还是帮了倒忙。最后并没有出现我想象中的大团圆场面——两个退休后的老年人,看清爱与陪伴的本质,相拥在一起,互诉衷肠,矢志不渝。

但奇妙的是,从那夜之后的半年里,我常看到他们一起骑车、散步。电话里两人依旧会拌嘴,却都变得温柔了。带妈妈一起旅行时,她那旺盛的少女心满溢,丝毫没被年纪束缚。在某种程度上,一定有个人在笨拙地用他的方式守护着,不管是不是妈妈想要的方式,至少糊里糊涂地让这颗少女心永续。

此刻,玄关处并排摆着两双拖鞋,我爸的鞋头永远朝外,我妈的鞋头则规规矩矩向内。这微妙的夹角,大概就是他们四十年磨合出的最佳生存距离。

我不禁在想,他们那些不满足的部分、偏航的部分,以及试图改变对方的部分,或许都在那次说出对方优点的游戏后，给彼此带来了更多的自省和思考。

人生这场大型生存游戏，能遇上毫无别扭、灵魂伴侣级别的恋人，可能真的需要花光所有运气。而其实大多数人都心口不一、嘴笨，天生不太擅长表达情绪，那还是把运气积攒些用在别处吧，在爱情这门功课上多下苦功，勤学久些。

学着学着，也就到很老很老了。

有她在

《听你的》那本书，创作过程最为特别。全书的摄影图都是我用手机拍下的，不是简单按下快门的创作，而是需要在全世界旅行时，随身携带各类笔和便笺纸，于当下书写只言片语，举在镜头前，与当地景致相融合。

记得那一两年，出门像备考的学生，背包里塞满纸笔、剪刀和胶带，五感如同竖起的天线，时刻捕捉外界信号。一旦撞见令我动容的景色，第一反应便是掏出文具记录，生怕灵感和风景一起溜走。

多年以后，有机会做全新版的《听你的》，决定增添一些新的照片，重拾纸笔，踏上远行之路。

值得书写与拍摄的照片背后，必定藏着诸多故事。有一回在横滨的山下公园，临近落日时分，天色泛起浅浅墨蓝，我瞧见一对正在拍摄婚纱照的新人。男孩的领结微微歪斜，怀中揽着的女孩笑容灿烂，缎面婚纱在暮色中仿佛镀上一层金，两个人像两株相互依偎生长的热带植物。

创作冲动瞬间袭来，我立刻拿出纸笔，写下三个字，而后远远举着便笺纸，以他们为背景按下快门。

男生似乎察觉到了我，朝我摆手，大概是介意我拍照。摄影师调整镜头之际，女生拎着婚纱裙摆轻盈走来，询问我手中之物。她没有任何觉得被冒犯的意思，纯粹是出于好奇。我向她解释创作意图，并告知纸上所写的三个中文字是：有我在。

她眼中闪烁着星光，笑意盈盈地说："这么一听，比 I love you（我爱你）更温柔呢。"

的确，爱的口号俯拾皆是，然而"在场"这件事，着实需要用心才能达成。

女生随即将男生拉到我身旁，询问这三个字的中文读法。我逐字教他们念："有——我——在。"

男生有些害羞，不太情愿，声音越念越小，而女生则落落大方，反复大声念着，仿佛要把每个字嚼碎了重组，深深烙印在声带里。

接下来的拍摄就更有趣了。摄影师让他们逆光大笑，男生笑得略显拘谨，女生则像念咒般碎碎念着"有我在"。男生被逗得满脸通红，两人目光相撞，笑声终于交织在一起，比那落日还要灿烂。

我能想象，生活中，这个女孩子应该在很多时刻都会源源不断地为这个男生填补上缺失的情绪，尽管她也已经很累了。有这样的"在场"，他多么幸运啊。尽管从我的视角看，男生没那么友善，优点也不显眼，但能让女生保持这样开怀的笑容，应该也做过很多努力，毕竟走到如今，他们早已成了一种共生关系。

平日里，我时常会在街上观察行人。有个有趣的现象是：很多看着就很美好、能量充足的女性，身边的男性总是一副刚睡醒、从家里随便掏了件衣服穿上就出门的模样。一定是有什么打动了她们吧，否则时间千金不换，着实没必要浪费在另一个人类身上。所以即使我也是男性，但万分理解现在讲究独立的女性们，她们的情感和社交需求，通过二次元和"嗑CP"便能满足，怎样都比以身涉险来得妙趣横生。

我将那张便笺纸送给了那对情侣，并询问能否将照片用在我的书中。女生顿时咯咯笑个不停，同时冲我九十度猛鞠躬。慌得我也跟着弯腰回礼，活生生整出夫妻对拜的架势，一旁的男生脸色很不好看。

回来整理照片，其中一张便笺纸上的字虚焦了，但是女生正看着我的镜头，大笑着。

女孩子可爱起来真是要命，请让她们都长命百岁，美好大方，比四季灿烂，永远被宠爱。

长情

这些年借着青年作家的身份，有幸与诸多品牌结缘。很多旅行目的地，若非品牌活动的邀约，恐怕此生都难以抵达。

疫情最严重的那年秋天，为配合《你是宇宙安排的邂逅》宣发，生平第一次漂染金发。就在新书上市前一日，赶上品牌活动，那一年，他们将珠宝展搭建在了沙漠之中。在计算好极限时间后，我们飞往了宁夏中卫。

晚宴中途，我与朋友溜到沙漠山顶，在那里邂逅了此生难忘的落日。玫瑰色云霭漫过路面，我在呼啸的北风中录下视频日记，竖着金发呆毛，与太阳道别，感谢它见证了这么多美好的当下。

之后，我们连夜赶回北京，为新书开始忙碌，虽说红着眼直播了整晚，我却没有一丝倦意，满脑子仍是沙漠尽头那场盛大的落日。

有一年我生日，恰逢品牌在广西崇左办展。这又是一场与时间的赛跑式邂逅。结束生日直播后，第二天一早，仅剩的直达航班因雷雨延误。我气定神闲地在机场洗手间用冷水洗头，借烘干机吹头发，让妆发师在颠簸的车里完成最后的定妆，最终赶上了晚宴。

品牌方在葱茏绿意中硬生生搭出一座水晶宫殿，当晚烟火绽开时，我忽而恍惚，这样一场盛大的灿烂，像是特意为我燃放的，庆祝我又老了一岁。想来也是沾边得太死皮赖脸了点。然而在酒会上，品牌方竟特意为我准备了生日蛋糕，全场为我举杯时，烛光映着窗外广西特有的喀斯特群山，惊喜与感动的情绪，如同回声一般，在心中绵延了许久。

自那以后，每个新年，他们都会送上香槟、巧克力和手作果酱。春分时节，必定会有鲜花相赠。他们知道我最近喜爱各类器物，今年的生日礼物，是一套马戏团风格的收纳罐。这些细碎的温暖，串联起了七年的时光。

尽管直至今日，展览上看过的那些腕表和价值连城的珠宝，仍然与我无关，可能再奋斗几辈子，我也成不了他们的VIP客群。但合作这些年，或许他们欣赏写作者与众不同的气质，读懂了我与读者间的长情。每次做展览，他们都会让我邀请当地的读者一同前来观展，深知比起单纯的消费，在年轻人心中种下艺术的种子，经过时间淬炼后所形成的认知，更为重要。

有次看到一种能量学的说法，当一个人气运不佳时，不妨打扮得体地去逛逛高端商场，多佩戴首饰，靠近奢侈品，感受其中的朝气与希望。虽然不确定这背后是不是商家的营销手段，但"好东西"的好，绝不只是商品本身，那些厚重的人情与历史，即便只是多看几眼，虽不确定能量积攒了多少，至少眼光已经得到了校准。

很多年以后，那些璀璨的珠宝依旧会在人类纪元里闪耀光芒，而拥有普通肉身的我早已消逝。但我的意识会汲取那场发生在宁夏的落日和崇左的烟火，在宇宙间震荡着，或许会化作下一个世纪的工匠某个午后突如其来的灵感，镶嵌于下一件作品之上。

灵魂碎片

看到一条评论，说如今在国内出门旅游，就像走进一个巨大的摄影棚。

其实也不能怪年轻人的"出片文化"。毕竟在人人都是博主的时代，分享欲已然如同自然的呼吸吐纳般平常。各地文旅局竞相开启竞赛，许多文创街区、网红景点被打造得如出一辙：马卡龙色系的装置、夸张的门头，三步一家的古装体验店，这般投其所好的架势，恰似多年未曾联系，却硬要装熟套近乎的亲戚。不拍几张好像说不过去，毕竟"来都来了"。

初春去了趟苏州，园林里，仅有零星几棵玉兰开放，"林黛玉"们站在树下，发髻簪着同款绒花，倒也应了那句"人在景中人亦景"。只要不耽误别人，如此这般倒也无妨。

有一回在洛阳博物馆逛展，撞见了魔幻的拍摄现场。在陶俑展厅内，竟有摄影师带着专业设备拍照，三脚架就支在展柜前，补光灯把玻璃照得反光刺眼，身着汉服的模特假装摆出看展品的姿势，全然不觉得打扰到了其他游客。

我着实有些难以理解。

展品看到一半，摄影师喊了声"劳驾让让"，我瞪了他们一眼，不想与之纠缠，便反手从包里掏出降噪耳机戴上。刹那间，世界安静下来，耳机里传来的咏叹调，让陶俑衣褶间隐匿千年的风沙，忽然变得纤毫毕现。我放慢脚步，站在展品前，细细观赏起来。上一次这般专注，还是在高考考场上阅卷的时候。

"反击"得好爽。

我很好奇，那些在博物馆展厅里还执着于出片的朋友，难道不觉得与这些古物合影会有些不太吉利吗？

很多阵风来来去去，有时我们以为追风而行的姿态很酷，可实际上那边人潮拥挤，空气混浊。所以，每当碰到那种趋同、从众，非要留下点什么的紧绷氛围，总会心生不适。这种感觉，就像好不容易历经跋涉到了一个陌生之地，却依旧能看到一块"我在××很想你"的牌子。实在是不想再拍了。

想起小时候听过的一个怪谈，说我们其实每一次被相机按下快门拍照，就会失去灵魂的一部分。因此，有段时间我极度抗拒拍照,生怕自己哪天变成行尸走肉。如今看来,倒也没什么可惜的,恰好不爱拍照的那段日子,正值青春期最胖的时候,着实不上相。

如今自己这么好看(嗯!不许反驳),忍不住多拍,那也要选在风还未抵达的地方,留下灵魂的碎片。毕竟,这可都是我一生的吉光片羽啊。

天生寂寞

对孤独不敏感，很多事我都能一个人完成。网上流传的孤独等级测试里，就只剩下"一个人过春节"和"一个人面对生死"尚未体验过了。

从小便是自娱自乐的行家。想起上学那会儿收集的手办，很多都是省下早饭钱偷偷买的。于是如何让手办们合理化出现在我的房间里成了棘手的事。为瞒过父母，我剑走偏锋，独创奇招：先将买好的手办塞进奇多包装袋，再当着他们面假装拆开，演技精湛地取出"中奖"的手办欢呼："爸爸妈妈，我又抽中了！"

所以很长一段时间，我爸妈都以为两块钱一包的膨化食品会附送玩具，还觉得他们的孩子有很大概率是"锦鲤圣体"，总能运气极佳抽到大奖。以致被抓包那天，我妈骂我的音浪掀翻整栋楼声控灯，我成了远近闻名的臭小孩。

小孩子真的很可恶，有时候就是会抢先支取我们成人都不敢有的勇气和聪明。

不提倡这种行为,但世界上只有我懂当时那个孩子。当大人们俯视时,只看得见我的笨和淘气后被汗湿的头发,但我脚下生根的,其实是因为内向不得已远离人群,自我合理化的小小自尊。

那些小手办根本不是死物,我给它们编排剧情,一个人能在书桌前度过一整个暑假。

如今我笔下奔走的小说人物,不过是当年的塑料玩伴投在稿纸上的成年倒影。只是我再也不需要偷偷把他们藏进奇多的包装袋了。

我们这代人的生存悖论,是渴望被全世界看见,又害怕被具体的人看穿;向往诗与远方的辽阔,却被丛林法则驯化成穴居动物;收藏了很多教我们享受孤独的鸡汤帖,可真正独处时仍心慌如潮涌,原来我们始终学不会和孤独促膝长谈;小时候有无数个独自发呆的午后,待在树影摇曳的空房间也不苦闷,在课桌上开的小差无人可以打扰。

我们都是这么过来的。

只是长大后的我们,给这份天赋裹上了名为"孤独"的茧。或许只有破了茧才懂得,现在拼命追求的清闲、空间与安静，我们早已拥有了。

让我们向小时候借一点"一个人就是整个世界"的无畏和"爱谁谁"的勇气吧。

我们心疼自己

听闻亲戚家里的小孩有抑郁倾向,按照大人们的说法,她从小就不爱说话,看到大人都不爱打招呼,肯定是过分内向造成的。

这个世界上最根深蒂固的偏见,往往来自最亲的人。我唯一的劝告,是交给专业医生,做父母的少表演爹妈的样子,多陪陪孩子。要是不理解,那就别说话,这才是最好的保护。

我和她不常见面,上次见面,是为庆祝她考上美院。她妈妈私下告诉我,她有自己的社媒账号。我偷偷关注后发现,上面全是她发布的作品。画得真好啊,有的作品的评论区甚至涌入上百条"神仙太太"的惊叹,还有品牌找她约稿,刚上大一就能自己挣零花钱了。

从她和粉丝的评论互动里,我拼凑出她真实的模样:喜欢打游戏,是个顶级网感少女,外表温顺,内心叛逆;不喜欢老师，因为中学时被老师区别对待，被伤得很深；一言不合就发疯，发疯的方式，是吃东西。

总结起来，她多可爱啊，分明是这世界配不上她。

春节回家，我们又见了一次面，那是知道她有情绪问题之后。

当晚，客厅里只有我和她。春晚刚开始不久，电视音量开得很大。她确实不爱说话，准确地说，是不喜欢和"三次元"的我对话。我除了浅浅问她大学生活，其实也不知道怎么聊下去。索性就不聊了。对两个孤独的人来说，保持沉默是最舒服的相处礼仪。

节目索然无味，她突然掏出 iPad，自顾自地画起画来。餐厅飘来呛人的烟酒味，大人们还在那儿翻来覆去地聊过去，掰碎了、嚼烂了反复说，也不嫌倦。电视上枯燥的小品演完，观众勉强鼓着掌。外面的世界永远都是一副闹哄哄的样子，只有她，沉浸在画画中，笔尖触碰屏幕的沙沙声竟盖过了一切喧嚣。

我屏气观察这一刻。压感笔在少女指尖仿佛变成光剑，她时而皱眉咬唇，时而舒展眉头，睫毛在屏幕冷光下投下振翅般的影子。她单手快速触碰屏幕，像极了科幻片里操控飞船的帅气领航员。

很快，一幅彩色人像有了雏形。房间里没开空调，我的脚都冻僵了,便往她身边挪了挪。我冷不丁冒出一句:"你画得真好。"

她斜眼瞪我一下,发现我在偷看,嘴角却忍不住上扬,而后画得更加放肆,像是喝醉后在月色下手舞足蹈的小动物。

我托腮在一旁看着,不禁为外人感到可惜,他们路过这个少女,只会觉得她奇怪。

阳台上的寒风掠过她耳畔碎发,我听见了她身体里轻不可闻的呢喃。如果情绪走到死胡同,创作或许会拉她一把。

现代人活得太累,每个人心上都有个洞,可能在很小的时候就有了。以前没人过问,自己也不在意,以为吃饱穿暖、被人偏爱,就能忽略它。带着这个空洞,好不容易长成看上去一切正常的成人了。可又有谁能懂,那些苦日子背后,我们狼狈填上空洞的样子,真的挺可怜的。

或许画画能懂,唱歌、写作、跳舞也能懂,酒精、药物、玩具、乐器,说不定都能懂。

我们心疼自己。

自制早餐

我不是努力的厨子,至今无法与厨房和平共处。除了饭来张口将它们吃进肚子,我也想不到与食物更好的连接。

唯独有一道自己琢磨出来的早餐,获得过朋友们的一致好评。想来要稳固一下暖男人设,大方将食谱送上,不用谢我。

准备好吐司,用面包机烤至酥脆。取半个牛油果,捣成泥状,均匀涂抹在吐司上。平底锅放适量黄油炒蛋,炒好后将鸡蛋平铺在牛油果泥上,接着,把剩下的半个牛油果切片,摆在炒蛋上。倒一些袋装坚果,或者那种搭配酸奶的麦片坚果碎,再取几片平时当零食吃的锅巴,包在纸巾里碾碎,撒在上面。

最后,再撒上少许日式七味粉。

完工。这道早餐,我连着吃一周都不会腻。

彩蛋

我出版过的每一本书,在交稿之后,都免不了要经历一段漫长的定书名过程。唯独这本新书的名字,早早就定下了,甚至私心想任性一回,压根没打算给编辑们讨论的机会。

这个书名,早在我决定以这样的形式完成整本书之前,就已浮现。可以说,如果没有这个名字,可能就不会有这本书。

当时书稿写至一半,发给我的编辑,想与他介绍新书的概念,让他有个前期准备,知道我这次要玩什么。还没来得及正式跟他提及书名,他看到 Word 文档的文件名,便发来了一句:"哈哈哈哈哈哈,《等春天再说吧》是书名吗?"

我的指尖悬在键盘上,愣了半分钟才回了个"嗯",又鬼使神差地补了段长语音,絮絮叨叨解释起名的缘由。这么多年了,还是改不掉急着自证的习惯,像个给勇气裹上保鲜膜的推销员。

他回复说概念很不错，会认真看书稿，对书名却未置一词。我权当他是 I 人的客气，体贴创作者的孤独，生怕此时一丁点的意见，都会影响到我。

一个月后，在出版社会议室里，我们正筹备再版书的直播。中途扒拉盒饭时，我咬着糖醋排骨随口提起新书书名，空气骤然凝成冻土。营销编辑敲键盘的手悬在半空，策划编辑猛灌了一大口冰美式，众人的目光粘在会议桌纹理上，就是不肯落向我。我脑中瞬间闪过最坏结果，连辩论的腹稿都打好了。

估计他们也是憋了很久，我编辑的喉结滚了滚，终于撕开沉默：他们其实都很喜欢这个书名，但就在我发书稿给他的前一天，他们刚给另一位青年作家卢思浩的新书定好了名。那是从众多名字中投票选出来的，叫作《此刻是春天》。

并且这本书已经进入出版流程，大概一个月后就要上市。

说来也巧，出书这些年，我与思浩有很特别的革命友情，要么一起被骂，要么一起在图书排行榜上拥抱取暖。可这十几年间，我们私下仅仅见过一次面，聊天的具体内容早就忘了，只记得他满脸笑意，是个真诚的好孩子。

我没有什么作家朋友，这些年还偶有互动的，也只有思浩了。碰上我俩有新书宣传，有时他来我的直播间串门，有时我去他的直播间发弹幕逗他。每回镜头扫到他耳根泛红，我就愈发人来疯，就是喜欢逗比我还容易害羞的人。

我们其实不熟，比较熟悉我们的是我俩的编辑，因为是同一个人。

所以编辑说出思浩新书名字那一刻，我忽然读懂了他当初那串"哈哈哈哈哈哈"背后的蚂蚁爬心。想必在屏幕那端的他，脑中当时也闪过了一万种可能的结果，千言万语，最后只能先以尴尬且不失礼貌的笑来搪塞过去。

坐在另一头的营销编辑直截了当建议我换书名，因为思浩的书一定会先出版，毕竟是同类作者，又在同个出版社，不论他那本书成绩如何，我紧跟一个相似的书名，怕我被口水淹了。

要是换作从前，我大概会立刻拉起心理防线，退回到安全区。倒不是怕被骂，只是习惯了向后退。如果给太多人带来麻烦，我就退。但此刻，心底炸开的竟是惊喜，紧接着，一种更为强烈的坚定随之而来。

我们的书名连在一起，刚好与春天撞个满怀，这难道不是一种奇妙的共振吗？

我问编辑我们的题材一致吗，得到的回答是，他写的是小说，我是杂文，题材完全不同，表达的内核也大相径庭。

那我便没有任何顾虑了,也不想再内耗于照顾每一个人的感受。我不怕被骂,就算骂,也只会骂我。我退出腥风血雨的挨骂江湖已经很久了,倒也不介意重披战袍。

越想越兴奋,这多像是命运埋下的一枚彩蛋啊!当即决定不仅要继续用这个书名,还要将这段"狭路相逢"的故事写进书里,顺带给思浩打个广告。铅字印成的书是创作者过命的信物,倘若未来有人将这两本书并排翻开,那油墨未干的纸页间,自会升起一道虹桥。

我们在冬天待太久了,创作的人要将结痂的伤口频繁抠破,赶路的人要裹紧生活漏洞百出的大衣,被留在原地的人在大雪里哭了很久,流浪的动物钻进光秃秃的树洞中冬眠。大家伙都累得散了架。别盘算了,只管朝春天去吧。

抱树

真的好喜欢抱树啊。

无论是在家附近的公园,还是身处旅途的陌生城市,只要邂逅合眼缘的树,我总要上前环抱住它。

那些公园里被人认养的松树,寺庙里树根虬结的古柏,马路边歪着脖子的梧桐,甚至还有些叫不出名字,仅仅是看上去就很好抱的树,通通成了我的自然界公仔。

斑驳的树皮蹭着手心,露水混着木质的清香钻进鼻腔。将额头抵在树干上,似乎能听见年轮里储存的阳光发出噼啪的声响。有时,树缝中会突然窜出一只甲虫,慌慌张张地顺着我的手臂往上爬;又或是瞧见正在结网的蜘蛛,可我心里竟没有半分惧怕,只觉得生机尽显,一切都如此可爱。

最妙的是环抱着它们,仰头望去,枝丫分割着天空的光斑,仿佛有股力量顺着树干涌进脚底,推着我向高处攀升。

倘若遭遇过不去的坎儿,情绪不慎落入深渊,陷入人生的低能量时刻，那相遇的每一棵树，都是万能充电器。

尽情大方地拥抱它们吧，它们一定会敞开怀抱，不会拒绝你。

一幅画的缘分

每本书的出版过程,都如同经历一场生产,从交出书稿的那一刻起,便开始闯关。

最难过的关卡有二,一是起书名,二是定封面。书名的难是难自己,因为最终定下的名字有很大概率还是脱胎于自己某次灵光乍现。身边的编辑和同事帮忙想了上百个名字,在我眼中都像是热情的三姑六婆从《新华词典》和易经风水学里拼出的,怎么看都不合心意。

而封面的难,是难整个编辑部,它是集体审美的角力场。每本成书背后,有不再回消息的画手,有被逼疯的设计师,有被工艺压迫的印制,还有因上市日期临近而焦头烂额的编辑。

几十个封面初稿,最终被我们选定几幅最有眼缘的,再打印成样张,一字排开,接受所有人投票。

《抬头看二十九次月亮》作为我的第一本散文集，一开始我执着于寻找清淡的插画，试过多位插画作者的作品，皆不满意。直到营销编辑在社媒看到一位日本艺术家的作品，画面中，月夜下蓝绿色的湖面风平浪静，一名身穿黑色礼服、头戴礼帽的男子静静地坐在湖边作画。湖水中倒映着一轮满月，而男子提笔在画板上画的却是新月。

这像极了彼时我创作这本书的心境：外面的世界饱满喧闹，我却乐意享受孤独。换个角度看，即使月凉如水，心中有残缺，但如果以正面的心念看向这个世界，终会等来那枚又圆了的月亮。

我们都很喜欢这幅画，当即决定作为封面图首选。

因为艺术家在日本，我们只能抱着尝试的心态，通过官网找到他的联系方式，交由版权部的同事用日语进行邮件沟通。五日后，收到艺术家本人的回复。

日本人有自己的工作节奏，除了邮件，没有其他的沟通方式，发--封邮件过去通常要等好几天才有回复，我们能做的，就是抬头望月，静静等待。

这位艺术家的作品多是板绘，作为中文散文书的书封，我们想减少画面中英伦风的优雅感，就建议艺术家将男子的黑色礼服改为白衣，去掉礼帽，让人物显得干净清澈，或许更容易与我的读者们共情。

我深知对很多艺术家来说，改稿是一种冒犯，尤其是已经发布的画作。但如果抛开改稿的行为，对方能理解我修改的目的，或许能被真诚打动。我们写了一封长信，诚恳地表达了心意，权当尝试。

意外的是，艺术家应允了。

等待却漫长得令人窒息。临近原定的下厂日，同事发去的催促邮件没有了回音，我不死心，坚持苦等。编辑顶着压力，延后了新书的上市时间，甚至准备好了替代封面。就在最终下厂日的前两天，艺术家发来了修改后的封面。

接下来的故事，一切恰到好处地停留在最圆满的样子。

《抬头看二十九次月亮》上市半年之后，我结束了所有宣传和签售活动，给自己放了个长假。

那日在银座的茑屋书店闲逛，回头一瞥，竟毫无预警地碰上了这位艺术家的展览。展墙上除了那幅封面原画，还有散文集里收录的另外几幅作品。

"不期而遇"真是个美好的词，或许世界就是个巨型扭蛋机，我们投掷出的每份真诚，都会启动某个陌生齿轮的转动。

我把展览现场的照片发到编辑群里，消息瞬间炸开。隔着屏幕都能感觉到他们眼中的光芒，仿佛又回到了为那本书并肩奋战的日夜。

又过了一年,偶然看到艺术家在东京再次开展。抵抗不住身体的冲动,我问编辑,我们有寄《抬头看二十九次月亮》的成书给艺术家吗?得知未寄后,我当即决定带上书,亲自去一趟。

不是想靠近艺术家,更不想与他成为朋友,只想单纯见一面,把书送给他。

脑中幻想了很多与他见面的场景,甚至在去程的电车上,我都忍不住在备忘录里写下了想说的话,并妥帖地翻译成了日文。同事们让我将此行录下来,剪成 vlog,我担心旅程因为镜头的介入而变质,同时也是对别人的打扰,便拒绝了。

早早到了展览现场,艺廊不大,一半空间在卖书,剩下三面墙上挂着尺幅不一的画作。终于见到艺术家本人,他比我想象中年轻,英文说得磕绊,内向程度更甚于我,眼神像受惊的雀鸟一样躲闪,我们靠翻译软件和肢体动作简单寒暄。

直到我拿出《抬头看二十九次月亮》,他瞳孔微颤,立刻认出自己的画作。我说:"这本书送给你。"他惊讶地反复确认,以为自己听错了。还好现场有一个他的粉丝会说英文,热情地帮我做了翻译。艺术家万分欣喜,郑重地询问:"真的是送给我的?"见他指尖摩挲封面,将书握在掌心,放下又捧起,最后郑重地置于展台中央,说:"它也应该是展览的一部分。"

互道感谢之后,我们的交流就结束了。我没有提出合影的请求,他也没问我关于这本书的任何信息,空气重归寂静,预想的火花也并未迸发。但我没有半点失望,因为深知边界感对创作者是一道重要的保护色,更何况语言的障碍在此,千言万语最后也只能浓缩成一句"谢谢"。

从艺廊出来,外面阳光明媚。想起电影《心灵奇旅》里,男主角从他喜欢的爵士俱乐部出来,他完成了一件梦寐以求的事,却怅然若失。多罗西娅和他讲的故事里,那只一心寻找海洋的小鱼,其实一直在海洋里。

想见一个人,见到就好了,什么也没发生,就是最好的发生。不需要对方有回应,这只是我单方面想要完成的一场缘分的仪式。

写到此,抬头看,月亮又圆了。

掌声鼓励

看到一句话：到现在为止，你已经从你曾经认为不会过去的事情中幸存了下来。

瞬间，心底涌起一股冲动，真想好好抱抱自己。回看过往的人生履历，细细想来，无论大事小事，到最后似乎都是靠自己单枪匹马地杀到了现在。

我们平平安安，一路坚持，活到了现在。

值得掌声鼓励。

休息羞耻症

最近一大进步，窝在家里连追三天剧，一门心思沉浸其中，全然不顾所谓正事，却丝毫没有负罪感。旅行也不再只有需要"充电"时才考虑到，随时都准备着出发。甚至出门遛弯是大事，工作可以捎带手处理。

就像前脚刚结束一趟北极圈的远行，靴子上还带着融化的雪水，后脚看到一个新鲜的目的地，只要机票、酒店合适，二话不说，我拎包就走。要是约得上朋友，就结伴同行；约不上，一个人也行，但凡多犹豫一秒都是对自己的不尊重。

向来认为精神自由比实际的肉体自由重要得多，很长一段时间里，我确实拥有所谓自由，无人管束，随心所欲地做自己想做的事，听风观雨，猛追诗和远方，然而，往往不出几日，强烈的休息羞耻感便如影随形。

只要打开朋友圈，看到同行们纷纷汇报工作成绩，每个人都忙得不可开交，焦虑就像准时登陆的季风，扑面而来。于是，我便会主动悬崖勒马，重新回到社会时钟规定的正轨上，觉得不能再这样浪费人生了。

或许是因为从二十多岁起就成为全职作家，脱离朝九晚五的工作模式太久，我心里始终紧绷着一根弦，每天一定要将忙碌的份额积攒成财富，才算是对生命的有效利用。

也是到了现在这个岁数，越发认清体验才是最重要的。当然要感谢过去的我，足够努力和好命，给了我可以退出游戏的资本，让我能在现在这个还不算太晚的年纪，允许自己把生命调成飞行模式，懂得将自己交付于宇宙的潮汐。

我愿意为一家喜欢的餐厅辗转，哪怕要坐很久的车。

我愿意在公园的草地上席地而坐，听云雀叫一整天。

我愿意花一个月的时间去旅行，即便该做的事进度为零。

我也愿意窝在精心布置的小家里，躺着追剧、喝咖啡，任由各种胡乱的思绪经过我的身体，然后离去。

我愿意花费很多年的时间，去弄清楚自己究竟喜欢什么，也愿意历经漫长岁月，才看清一个人。

仔细想想，我并没有失去任何东西，又怎么能算浪费呢？

一名六年级小朋友在作文里写道：对人而言，沙漏不断坠落的过程，就象征着光阴的流逝，但也不能单单认为这是自己的失去。如果将我出生的一刻定义为拥有全部时间的话，时光确实从我手中流逝了。但如果将我死去的那一刻定义为我拥有了自己全部时间的话，那么，我一直都未曾失去过时间，而是一直在获得时间。

有些事留给老了以后，真的做不了，没法做，做了也没劲。

自然规则告诉我们，脸上布满皱纹，身体不如从前硬朗，这就是衰老。但它没告诉我们，当回首这几十年时，倘若能坦然展示自己见过的世界、爱过的人、品尝过的食物、聆听过的音乐、读过的故事，那就已经值回人生这张入场券了。

联名作品

从两年前开始，旅行时都会捡几块当地的石头带回来，然后用丙烯彩笔在上面画画。画的内容多与目的地的记忆有关。

不需要多么高深的画工，仅是享受将灰暗的石头变成彩色的过程，就完成了二次治愈。而第一次，是挑选石头的快乐。那些灰扑扑的流浪者，承载着整片海域的涛声，或是某座山脉的呼吸，都被我小心翼翼地装进行李箱夹层。

当然，为了作画，还是要挑选手感温润、表面相对平整的石头。太圆滑的不要，被流水驯服得没了脾气，盛不住故事。最爱那些被啃出棱角的，每一处切面都宛如天然的画布。

在澳洲阿波罗湾捡的那块六面石，我画上了考拉、袋鼠、日出、星空、轮船以及十二门徒景点。从冰岛捡回的那块火山石则是最难画的,黑色蜂巢遍布的气孔画不上图案,索性就随意铺上各种鲜艳的荧光色。那便是我印象中冰岛的模样。

如今,盛放旅行石头的托盘已然堆满,看上去就像一个微型地理博物馆。

它们,都是我与宇宙的联名作品。

我没有这个权力

记得有一年,我在美国西海岸旅行,连续好些日子,肠胃胀得如同发酵过度的面团。加利福尼亚的阳光那般慷慨,可我却只能蜷缩在车后座,眼睁睁瞧着金门大桥的雾霭将晚霞晕染成橘子汽水般的颜色。起初以为是倒时差,或是不适应当地食物,为了找出原因,中午我索性不吃东西,结果胀气依旧。

回国第一时间做了个胃镜,指标显示正常。医生建议我检查过敏原,最终查出是乳糖不耐受,这才发现罪魁祸首竟是每天早晨必喝的拿铁。从那以后,我把拿铁换成美式,戒掉了所有奶制品,肠胃这才终于舒服了。

我是那种从小就很爱喝牛奶的人,煮熟的鸡蛋都要泡着牛奶才能吃。小时候,自己那杯牛奶喝完了,还会偷偷去喝外公搪瓷缸里的。煮沸的鲜奶在铝锅边缘结出琥珀色奶皮,外公总会把最厚的那片挑给我,还念叨着牛奶是好东西,多喝才能长高。

或许我现在能长到一米七八，已经是牛奶所能贡献的极限了。

谨遵医嘱，如今快八年过去了，说不喝牛奶就真的没再喝过。曾经再喜爱或者再厌恶的东西，似乎身体都会给出一种防御机制，到了某个时间点，就一定会做出改变。

原来细胞每七年换岗的说法，竟然是真的。曾经坚决不吃的苦瓜，现在却格外爱吃；以前不喜欢吃肥肉，如今却馋猪蹄和红烧肉。不光是吃东西，就连以前喜欢的人，放到现在看也完全祛魅。

当自己的书再版，需要重新修订时，我常常会突然停下笔，开始审视过去的自己，忍不住感叹：以前怎么会这样想呢？甚至还会翻出曾经发过的微博，那些说过的话、发过的照片，都让现在的我眉头紧皱，满心疑惑。

其实不过短短几年时间，就感觉曾经的自己变得如此陌生。人生本是流动的，我自然不会贬低当初任何幼稚的言论和喜好，毕竟新陈代谢不仅仅意味着细胞的更替，更是与无数个昨日之我的促膝长谈。

于是现在的我，唯一会做的，就是不再随意给自己下定义。毕竟，连大西洋的海水每隔几年都会完成一次环球旅行，谁又能替多年后的自己，去预设抬头所见月亮的形状呢?

我不再轻易用几个关键词来诠释自己,不再随便撂下狠话,不再把事情看得非黑即白。我轻轻画去所有情感关系里的"永远"二字,更加顺其自然,只做好自己力所能及的事,其他的,就交给命运的剧本吧。

我无法保证还会一直钟情于那家餐厅,无法保证明天醒来想法依旧,更不确定什么时候死掉。今天的我要如何为几个月后的我做决定?我好像没有这个权力。

嗯,我好像没有这个权力。

兔子旅行回来了

近日在网上"冲浪",捡到最温暖的漂流瓶,来自一个众人为孩子找回兔子公仔的真实故事。

一名博主带着六岁的女儿前往巴厘岛旅行,女儿一路都带着她的小兔子。这只毛绒公仔从她出生起便一直陪伴着她,宛如亲密无间的小伙伴。然而,在离开巴厘岛时,她们不慎将兔子遗忘在了当地的民宿。当巴厘岛机场的冷气裹挟着海盐味扑面而来时,六岁女孩突然攥紧空荡荡的背包带,瞬间意识到发生了什么,一切已然来不及。小女孩当场崩溃大哭。

同个旅行团的几个大人,实在不忍心看着孩子美好的假期就这样伴着梦碎收场,于是纷纷发动身边所有的人际网络,四处打听。最终,他们找到了一个刚好要去巴厘岛的朋友,拜托其帮忙带回兔子公仔。

事情自此朝着可爱的方向发展。那个朋友拿到兔子公仔后，带着它开启了一段更悠长的假期。不仅如此，朋友还为兔子公仔拍照，将兔子公仔吃饭、做瑜伽、逛街，甚至参加当地节日游行的电子"明信片"，一张张都发给了博主。

但这还并非故事的高潮。另一个同行的朋友，仅用短短三天时间，便画下兔子公仔的手稿，借助 AI 进行二次绘画，并加以立体书的手工，最终制作成了一本实体绘本。绘本的内容正是以这只小兔子为原型，把它的丢失描绘成一场冒险，最后小兔子平安回到了小女孩身边。

按照约定的时间地点，他们将绘本与兔子公仔一同交到了博主和女孩手中。母女俩被深深打动，每每翻开绘本，都会泪流不止。原本以为只是小朋友失而复得的陪伴，没想到竟收获了比童真更珍贵的礼物。

而那个制作绘本的天才，主业居然是自由潜水教练。

其实，这个故事真正令我感动的，并非一群大人守护孩子童真这件事本身。我坚信，即便今天故事的主角换作成人，那些人依旧会愿意伸出援手。就算不是制作绘本，说不定也会精心制作一本成人的"阿贝贝"相册。在这个看似破破烂烂的世界里，真的有人在以你意想不到的方式，默默缝补着生活的裂缝。甚至在这个故事里，我真心实意地感受到了 AI 真正巨大的作用与魅力。

突然与科技的未知以及人性的劣根性达成了和解。那些看得让人头疼的社会新闻，不过是刚好被我们撞见罢了。在真实的生活中，必定有许多这样的人与事，正灿烂地释放着善意和魅力。他们从不被社会规训所束缚，完美地秉持着"利他"。别说守护童真了，有人就是愿意花费大量的时间和精力，去关注你的眼泪。哪怕他们知道，给你一张纸让你擦掉眼泪就好，但真正让你停止哭泣的人，才是最珍贵的。

哪怕你只是弄丢了一只兔子公仔，你只需要伸出手，去寻求照拂，就一定会有人回应你。你也不知道他们为何如此，可能只是为了证明，人类伟大的基因密码，就是爱吧。

我看到一条淹没在众多评论里，让人心酸的留言：可我只会偷偷难过，不会因为这样的事麻烦大人。

才不会是麻烦呢，你可是全幼儿园最可爱的小朋友，你有哭的底气和资格，这世上一定有不嫌麻烦的人，有人永远为你有空。

道个别吧

养的那条叫作"春分"的斗鱼走了。

真可惜,它还是没能坚持到我写完这本书,本想与它一起见证"春天"的模样。

它已连续三天静静趴在缸底,其实我心里大概明白,它恐怕撑不住了。用过店家推荐的药都无效,一日清晨来看它,它已经停止了呼吸,它躺在缸底的样子像片褪色的晚霞,曾经那如银河般流转的蓝绿鳞甲,此刻已凝结成如灰絮般的惨白。

满心遗憾的我,忍不住开始回想,是不是药量用多了,又或者前阵子换水时温差太大,还是鱼食投喂得不够到位。总之内心没那么平静,感觉应该可以相处更久一点的。人类啊,总是喜欢假装永恒。

我用一次性杯子装上它,不忍心埋了,转去楼下的河边，想让它回到水里去，说不定顺着水流，它最终能汇入海洋。只是不知道，在它这短暂的一生里，可曾见过大海的模样？

河水湍急地流淌着，我蹲在青苔蔓延的岸沿，轻声说道："春分，谢谢你，别再做一条斗鱼啦。"

在倾倒的瞬间，春分随着溅起的水花旋出半道银弧，像完成最后的谢幕。

我还不想离开，目送水流将它带向远方。

第一时间想到给经纪人打视频电话，要知道，今年我生日时，她还特意找景德镇的师傅，定做了一个画着春分的茶碗送给我，以此纪念我人生中养的第一条斗鱼。看来纪念物真的不需要出现太早，从此我就要开始睹物思"鱼"了。

挂完电话，我在原地蹲了片刻，起身时，双腿麻得一个趔趄，赶忙撑着膝盖。不经意间，余光扫向河面，竟看到春分逆流漂回到我的脚边，它的鳞片在逆光中微微翕动，仿佛正奋力朝我摆尾。然而不过三秒，湍流又将它拽进深水，这次，它再没回头。

我用手机记录下了全程，确定这绝非幻觉。我始终想不通，以那条河的物理流向，究竟是如何将春分送回来的，权当它想来与我好好道个别吧。

我不禁想起，多年前好友养的那只折耳猫离世后，她将猫咪的骨灰撒入夜海。没过多久，海水竟泛起荧光色的蓝潮。虽说这可能是夜光藻等浮游生物的发光现象，但抛开所有科学解释，在那一天那一晚的那一刻，当荧光海漫过她的脚踝时，她哭得泣不成声，仿佛真切地感觉到她的猫回来了，狠狠给了她一个拥抱。

对养宠物这件事，理智一直告诫我，别投入太多感情，这样离别时才不会那么难过。然而，根本逃不掉啊，就连一尾仅有三厘米的小鱼，都会用尽最后的力气游回来和我说再见，如今我给植物浇水时都会和它们对话了，情感就是这么一并灌进去的。

可是内心又奇怪地享受着这个软绵绵的自我，好像正在不断吸收着这个略显干巴的世界所沉积出的水分。

我知道，我们终将会离开，只是我在这世间停留的时间或许会长一点，而你可能稍短一些，但是至少彼此短暂地交会过，这就是我们相逢的意义。

散步

喜欢散步这个词。

平静的,温柔的,好像动作很轻,像羽毛拂过空气。两个人并肩时,泅出潮湿的暧昧,一个人独自走,又像是要向外抛点心事。

想想这个词在古代最早的出处,竟是贵族公子们服食五石散后,浑身发热,为使身体舒适,出门溜达散热而来的。

如此看来,倒也与我的体悟暗合。

记得小时候,我常与外公外婆在田埂间散步。我偏爱走在那逼仄的小土路上,稍不留神就可能一脚踩空掉下去。我摇摇晃晃地张开胳膊努力保持平衡,外公紧跟在我身后,目光一刻也未曾从我身上移开,生怕我有个闪失。

走到最深的田地里,那是属于外婆的小菜园。我们忙乎一下午,最后摘得满满一箩筐土豆和空心菜。

北漂第一年，与我想象中不一样，真的很苦。在街上漫无目的地走，高楼霓虹如冷眼，城市好大，却装不下一个我。

如今的我，时常会在落日时分，戴上耳机，去家附近的公园漫步。耳机里的音乐应景地敲着鼓点，街景也变缓了，像是掉了帧的镜头。配着将暗未暗的天光，有时候感觉身体已然前行，意识却慢了一步，很不真切。这时，我会提醒自己的身体，再慢一点吧，前方并没有什么值得匆忙奔赴的，反正越过风景，还是风景。

走路的姿势，本是上天赐予人类的珍贵礼物，然而很多时候，我们却用错了方式。倘若宇宙镜头只聚焦人类的下半身，便会发现街道上的那些脚步，皆是扭曲、急躁且来回踱着的。

人生走到最后，比拼的并非幸福的多寡，而是内心是否平静。

当我回头张望时，那个在田埂上摇摇晃晃的我，那个迷失在北京城的我，以及那个灵魂慢一步的我，仿佛同时散着步。以为只要一直向前，就能走向外面广阔的世界，但其实最终一同走进了内心的深处。

生日快乐

生日快乐,朋友。

在每座城市的签售会上,总会邂逅许多当天过生日的读者。也有不少读者,即便生日尚未到来,也会让我在书的扉页写下"生日快乐"。我完全理解这种心情——预制的祝福也是祝福,毕竟我们都太渴望那些被特别关注、被郑重相待的瞬间了。

还有直播的时候,也会在弹幕里看到有人请求生日祝福的留言。只要一瞥见,我定会认真地补上一句"生日快乐"。

似乎生日祝福,比其他任何节日的祝福都更能触动人心。而我何其有幸,能收获这么多读者,每次为他们送上祝福,就仿佛亲手捕捉了一片璀璨星空。更奇妙的是,我知晓这片星光散落在三百六十五个不同的坐标上,每一次闪烁,都标记着一名读者被点亮的生辰。

写到这儿,我突然想到,日后读到这些文字的朋友,说不定今天就是你的生日。

"快乐"这两个字,说得多了,难免觉得老生常谈。送祝福其实挺简单的,但我不太喜欢我们通常所理解的"祝福"——因为会送出去的祝福,好像就觉得那个人还有缺失。就像我们生日许愿时,许的往往都是尚未得到的东西。我不想你一直重复体验那种缺失的困境。

我认为你早已拥有。

新的一岁,我知道你的身体很健康,体检报告永远没有"建议复查"的阴影。

我知道你美得由内而外,素颜状态也无比抗打,就连小动物见了你,都会忍不住主动靠近。

我知道你赶地铁公交,在路上的时时刻刻都脚下生风,每一步都算数。

我知道你很会抢演唱会的门票,刮彩票也总是中奖,这不算耗费运气,因为你的运气大盘很足。

我知道你很少痛经,使用的卫生巾像云朵一样舒适,妇科诊室的仪器永远温热。

我知道你的青春期有很多口味的糖果,中年的精彩就像柜子里各色且不沾杯的口红,更年期的潮热会被穿堂风温柔接住。

我知道你的剃须刀永远顺手,衬衫挺括,那块被世界刁难的伤口，回家前会愈合如初。

我知道你深夜的游戏战局很亮眼，就像十几岁时和兄弟在网吧连排的夏天，永远鲜活。

我知道你租房会遇见房间里和心里都留满绿植的房东。

我知道你提交的方案第一版就被打上完美的水印。

我知道你如果想要上岸，就一定会上岸。

我知道你点的外卖，永远会由面带笑容的骑手配送，店家从不会漏装一次性筷子，而且筷子边缘光滑，绝无毛刺。

我知道你追的连载作者比你还怕"挖坑不填"，你喜欢的偶像永远不会"塌房"。

我知道你总在洗衣机开始转动的那一刻，想起兜里装着的纸币，如同你总是有钱，天生好命。

我知道你从不被那些"为你好"裹挟，你走的每一步，都在证明"我是在为我好"。

我知道你家的电子锁永远记得你指纹的温度。

我知道你想倾诉时就会遇见挚友，永远不必担心成为别人的次选。

我知道你是选择性恋爱脑，结婚自由，离婚登记处的窗口也有你喜欢的热可可。

我知道扫墓时的细雨总在你摆好鲜花后再降临，因为离开的亲人想让你踏实地完成整场思念。

我知道你有提前结束游戏的勇气，但就是有一些人、事、物的出现，让你决定继续玩下去。

我知道你的眼泪总会被晚风抢先擦干。

我知道你非常非常棒，根本无须向任何人证明自己。

我知道你是自己宇宙的常数而非变量。

我知道，今天该祝你生日快乐，但如果人生没那么快乐，那就以你舒服的方式过吧，先睡个好觉也无妨，其他的，等春天再说吧。

请允许我变回一棵树

近一年，在社交媒体发布内容的频率越来越低，对我这种"网生代"的作家来说，社媒是我们维持人气的土壤，真的不发了，也就彻底祛魅，不被数据和阅读量掌控，反而激发出更多表达欲，通通将它们放进自己的书里。

陪伴多年的读者走不远，没什么动态的日子，反而彼此将想念拉长。就把分享还给分享吧，真正能托举我们生活的，或许是那些可爱的动物、包包上的挂件玩具、一坨陶土、一棵植物、一场远行、一次爬到山顶的力竭、一轮抬头张望的月亮，抑或那些支撑着千千万万不同兴趣圈层的智慧结晶。它们筑成的堤坝，即便无人知晓，却也足以蒸发我们内心的潮湿。

当下下个世纪末的潮水来袭时，人类的印记若无法留存，请允许我变回一棵树。

© 中南博集天卷文化传媒有限公司。本书版权受法律保护。未经权利人许可，任何人不得以任何方式使用本书包括正文、插图、封面、版式等任何部分内容，违者将受到法律制裁。

图书在版编目（CIP）数据

等春天再说吧 / 张皓宸著. -- 长沙：湖南文艺出版社，2025.9. --ISBN 978-7-5726-2607-4

I. I267.1

中国国家版本馆CIP数据核字第2025TJ5439号

上架建议：畅销·散文随笔

DENG CHUNTIAN ZAISHUO BA
等春天再说吧

著　　者：	张皓宸
出 版 人：	陈新文
责任编辑：	欧阳臻莹
监　　制：	毛闽峰
策划编辑：	陈　鹏
特约策划：	一　言
特约编辑：	孙　鹤
营销编辑：	张翠超　刘　珣　李春雪
装帧设计：	梁秋晨
封面插图：	Lost7
特约画手：	张皓宸　爪爪　JanNis
出　　版：	湖南文艺出版社
	（长沙市雨花区东二环一段508号　邮编：410014）
网　　址：	www.hnwy.net
印　　刷：	北京中科印刷有限公司
经　　销：	新华书店
开　　本：	775 mm × 1120 mm　1/32
字　　数：	178千字
印　　张：	9.375
版　　次：	2025年9月第1版
印　　次：	2025年9月第1次印刷
书　　号：	ISBN 978-7-5726-2607-4
定　　价：	52.80元

若有质量问题，请致电质量监督电话：010-59096394
团购电话：010-59320018